思想的・睿智的・獨見的

經典名著文庫

學術評議

丘為君　吳惠林　宋鎮照　林玉体　邱燮友
洪漢鼎　孫效智　秦夢群　高明士　高宣揚
張光宇　張炳陽　陳秀蓉　陳思賢　陳清秀
陳鼓應　曾永義　黃光國　黃光雄　黃昆輝
黃政傑　楊維哲　葉海煙　葉國良　廖達琪
劉滄龍　黎建球　盧美貴　薛化元　謝宗林
簡成熙　顏厥安（以姓氏筆畫排序）

策劃　楊榮川

五南圖書出版公司 印行

經典名著文庫

學術評議者簡介（依姓氏筆畫排序）

- 丘為君　美國俄亥俄州立大學歷史研究所博士
- 吳惠林　美國芝加哥大學經濟系訪問研究、臺灣大學經濟系博士
- 宋鎮照　美國佛羅里達大學社會學博士
- 林玉体　美國愛荷華大學哲學博士
- 邱燮友　國立臺灣師範大學國文研究所文學碩士
- 洪漢鼎　德國杜塞爾多夫大學榮譽博士
- 孫效智　德國慕尼黑哲學院哲學博士
- 秦夢群　美國麥迪遜威斯康辛大學博士
- 高明士　日本東京大學歷史學博士
- 高宣揚　巴黎第一大學哲學系博士
- 張光宇　美國加州大學柏克萊校區語言學博士
- 張炳陽　國立臺灣大學哲學研究所博士
- 陳秀蓉　國立臺灣大學理學院心理學研究所臨床心理學組博士
- 陳思賢　美國約翰霍普金斯大學政治學博士
- 陳清秀　美國喬治城大學訪問研究、臺灣大學法學博士
- 陳鼓應　國立臺灣大學哲學研究所
- 曾永義　國家文學博士、中央研究院院士
- 黃光國　美國夏威夷大學社會心理學博士
- 黃光雄　國家教育學博士
- 黃昆輝　美國北科羅拉多州立大學博士
- 黃政傑　美國麥迪遜威斯康辛大學博士
- 楊維哲　美國普林斯頓大學數學博士
- 葉海煙　私立輔仁大學哲學研究所博士
- 葉國良　國立臺灣大學中文所博士
- 廖達琪　美國密西根大學政治學博士
- 劉滄龍　德國柏林洪堡大學哲學博士
- 黎建球　私立輔仁大學哲學研究所博士
- 盧美貴　國立臺灣師範大學教育學博士
- 薛化元　國立臺灣大學歷史學系博士
- 謝宗林　美國聖路易華盛頓大學經濟研究所博士候選人
- 簡成熙　國立高雄師範大學教育研究所博士
- 顏厥安　德國慕尼黑大學法學博士

經典名著文庫089

文學的藝術

The Art Literature

(法)叔本華 著
(Arthur Schopenhauer)
陳介白、劉共之 譯

經典永恆・名著常在

五十週年的獻禮・「經典名著文庫」出版緣起

總策劃 楊榮川

五南，五十年了。半個世紀，人生旅程的一大半，我們走過來了。不敢說有多大成就，至少沒有凋零。

五南忝為學術出版的一員，在大專教材、學術專著、知識讀本出版已逾壹萬參仟種之後，面對著當今圖書界媚俗的追逐、淺碟化的內容以及碎片化的資訊圖景當中，我們思索著：邁向百年的未來歷程裡，我們能為知識界、文化學術界做些什麼？在速食文化的生態下，有什麼值得讓人雋永品味的？

歷代經典・當今名著，經過時間的洗禮，千錘百鍊，流傳至今，光芒耀人；不僅使我們能領悟前人的智慧，同時也增深加廣我們思考的深度與視野。十九世紀唯意志論開創者叔本華，在其〈論閱讀和書籍〉文中指出：「對任何時代所謂的暢銷書要持謹慎的態度。」他覺得讀書應該精挑細選，把時間用來閱讀那些「古今中外的偉大人物的著作」，閱讀那些「站在人類之巔的著作及享受不朽聲譽的人們的作品」。閱讀就要「讀原著」，是他的體悟。他甚至認爲，閱讀經典原著，勝過於親炙教誨。他說：

「一個人的著作是這個人的思想菁華。所以，儘管一個人具有偉大的思想能力，但閱讀這個人的著作總會比與這個人的交往獲得更多的內容。就最重要的方面而言，閱讀這些著作的確可以取代，甚至遠遠超過與這個人的近身交往。」

爲什麼？原因正在於這些著作正是他思想的完整呈現，是他所有的思考、研究和學習的結果；而與這個人的交往卻是片斷的、支離的、隨機的。何況，想與之交談，如今時空，只能徒呼負負，空留神往而已。

三十歲就當芝加哥大學校長、四十六歲榮任名譽校長的赫欽斯（Robert M. Hutchins, 1899-1977），是力倡人文教育的大師。「教育要教眞理」，是其名言，強調「經典就是人文教育最佳的方式」。他認爲：

「西方學術思想傳遞下來的永恆學識，即那些不因時代變遷而有所減損其價值的古代經典及現代名著，乃是眞正的文化菁華所在。」

這些經典在一定程度上代表西方文明發展的軌跡，故而他爲大學擬訂了從柏拉圖的《理想國》，以至愛因斯坦的《相對論》，構成著名的「大學百本經典名著課程」。成爲大學通識教育課程的典範。

歷代經典．當今名著，超越了時空，價值永恆。五南跟業界一樣，過去已偶有引進，但都未系統化的完整舖陳。我們決心投入巨資，有計畫的系統梳選，成立「經典名著文庫」，希望收入古今中外思想性的、充滿睿智與獨見的經典、名著，包括：

- 歷經千百年的時間洗禮，依然耀明的著作。遠溯二千三百年前，亞里斯多德的《尼各馬科倫理學》、柏拉圖的《理想國》，還有奧古斯丁的《懺悔錄》。
- 聲震寰宇、澤流遐裔的著作。西方哲學不用說，東方哲學中，我國的孔孟、老莊哲學，古印度毗耶娑（Vyāsa）的《薄伽梵歌》、日本鈴木大拙的《禪與心理分析》，都不缺漏。
- 成就一家之言，獨領風騷之名著。諸如伽森狄（Pierre Gassendi）與笛卡兒論戰的《對笛卡兒沉思錄的詰難》、達爾文（Darwin）的《物種起源》、米塞斯（Mises）的《人的行爲》，以至當今印度獲得諾貝爾經濟學獎阿馬蒂亞．

森（Amartya Sen）的《貧困與饑荒》，及法國當代的哲學家及漢學家余蓮（François Jullien）的《功效論》。

梳選的書目已超過七百種，初期計劃首爲三百種。先從思想性的經典開始，漸次及於專業性的論著。「江山代有才人出，各領風騷數百年」，這是一項理想性的、永續性的巨大出版工程。不在意讀者的眾寡，只考慮它的學術價值，力求完整展現先哲思想的軌跡。雖然不符合商業經營模式的考量，但只要能爲知識界開啓一片智慧之窗，營造一座百花綻放的世界文明公園，任君遨遊、取菁吸蜜、嘉惠學子，於願足矣！

最後，要感謝學界的支持與熱心參與。擔任「學術評議」的專家，義務的提供建言；各書「導讀」的撰寫者，不計代價地導引讀者進入堂奧；而著譯者日以繼夜，伏案疾書，更是辛苦，感謝你們。也期待熱心文化傳承的智者參與耕耘，共同經營這座「世界文明公園」。如能得到廣大讀者的共鳴與滋潤，那麼經典永恆，名著常在。就不是夢想了！

二〇一七年八月一日　於

五南圖書出版公司

周序

十九世紀的一個英國批評家說過一句很巧妙的話，「書並不像女人，老了便不行。」這固然也不能一概而論，有些書描頭畫額的，有如走街倚市門的婦人，原來就不大行，到得老來自然更沒有人看覷。少數的所謂古典其生命更是長遠，有的簡直可以不老，有的爲時光所揉搓也就老了，但是老了未必就不行，這好有一比，前者有如仙人，而後者則如康健的老人。第一種大抵是訴於感情的創作，訴於理知的論議類則多屬第二種，而世俗的聖經賢傳卻難得全列在內，這是很有意思的事。據我看來，希伯來的聖書中就只是《雅歌》與《傳道書》是不老的，和中國《詩經》之〈國風〉〈小雅〉相同，此外不得不暫時委屈，希臘沒有經典，它的史詩戲劇裡卻更多找得出仙人的分子來了。中國不知道到底有沒有國教，總之在散文著作上歷來逃不脫「道」的枷鎖，韻文卻不知怎的似乎走上了別一條路，雖然論詩的人喜歡拉了《毛詩》《楚辭》的舊話來附會忠君愛國，然而後來的美人香草還只是眞的男女之情，這是一件很可喜的奇蹟。莫非中國的詩與文眞是出自不同的傳統的麼？但總之中國散文上這便成了一個大障害，這方面的成績也就難與希臘相比了。即如講到文學，在西洋總不能不先說亞列士多德（今譯亞里斯多德）的《詩學》，中國也總當提及劉彥和的《文心雕龍》罷。這兩者都是文壇上的老人，都是一兩千多年以前的，所以老了，但是老了卻未必便不行，他的經驗和智慧足以供我們的參考，即便不能定我們的行止。可是拏來略一比較，我們梁朝的劉彥和於博學明辨之中很顯露出一種教徒氣，處處不能忘記他的聖道，不及東周時代的亞列士多德之更是客觀的，由此可知兩者雖是同類而其價值又殊有高下不同了。

現在跳過來說叔本華的文學論，也就可以把它歸入這一類去。我們說叔本華的著作卻起頭引了老女人的比喻，覺得很有點可笑，因爲他是以憎惡女人出名的。但是這個我想他也未必見怪，對於他這怪脾氣誰都禁不住要說一兩句的。我讀他的著作還在二十多年前，我很喜歡他的女人與戀愛各論。我也佩服他的文學論。他是大家知道的哲學者，既非文士，也不是文學教授，何以來談論文學呢？出版以來也有七八十年了，還值得讀麼？他是哲學者，但他有一個特色，是向來德國很少的反官學派的。他的文章寫得很好，對於文學有他自己的意見，他不像普通德國人似的講煩瑣的理論，只就實在的問題切實的指點。叔本華的論文是老了，然而也還很值得讀，因爲他的著作是老了而還是行的這一類的。說他的文學論文可以與《詩學》或《文心雕龍》相比，或者不很正確，他不及《詩學》價值之高，也不及《文心雕龍》分量之多，但是與美國日本的編輯家所著的書相比卻總是高出一頭地的罷。現今文學論出得不少了，有的抄集衆說，有的宣揚教義，卻很缺少思想家的誠實的表白，叔本華此集之譯出正不是無意義的事，介白的努力也就很足稱道了。

民國二十二年七月九日

周作人識

譯者序

民國十六年，我在北平民國大學講英文學。時學生中有以文學原理相詢者，我很是喜歡英譯本叔本華所著《文學的藝術》一書，便拏來講授，那時學生也頗感興趣。此後得暇即著手譯述，可是中間因事往往也不免擱置。十七年夏，事務清簡，遂又從事繼續譯述，時劉共之君助我同譯，此書能夠成功，他的力量很是不少。二十年我的朋友沈啓无先生在天津河北省立女子師範學院主任國文系，約我講授文學方面的課程，我就把我的譯稿印成講義，發給學生作爲課外研究的參考，據她們說從這裡得到益處卻很多。忽忽至今不覺已經兩三年，我還是奔走北平以教書糊口，打算如從前那樣的專心譯述，眞是渺不可得了。現在偶爾翻閱舊稿，覺得這本書的議論仍多可喜，一種低徊嚮往之情殊不減於我當日譯述的時候。恰好人文書店老板擬印此書，遂略加修改，交其印行。至於此書的內容和價值，桑德斯及周啓明先生序文裡已精切地說過了。所謂見仁見智，更何待我再來表章呢？我今所言，不過聊以敘說我譯這本書的前後經過罷了。

民國二十二年六月十三日

陳介白序於北平

英譯序

本書的內容與其他諸卷相同，都是取材於叔本華的《論文集》（*Parerga*，意爲副業集）。在此著名的文集內有各種不同的論題，而文學占有重要的位置。當叔氏論文學的體裁和文學的方法的時候，他的意見也不會沒特殊的價值；因爲叔氏即便完全離開他的哲學上的主張不論，他也足以使人們稱他爲一偉大的作家。其實他確是德意志可以引爲自豪的幾個優越的散文家之一。至於著者的成功，除由於他自己的功勞以外，尚有些影響助他成功，不過在著者博得衆望的時候，那些影響卻被人估價過低；但當叔氏特別配把文學當作藝術來談的時候，他便對於助著者成功的那些影響有所論及。關於名譽一事，他有痛苦的經驗；雖然按人性與情理來說，他也很難用心平氣和的精神去作名譽論，所以那些痛苦的經驗，給了這個論題的評註一種興趣。

下面幾頁，我們有些觀察：關於風格的觀察，是一個風格者所作。此人眞配受此名稱，他不是冒牌的風格者，也不是販賣辭藻者。關於自思的觀察，是一個不作他事而專於自思的哲學家所作。關於批評的觀察，是一個感受他人對他不能了解的一個作家所作。關於名譽的觀察，是一個早應得名而確半生未享盛名的一位求名者所作。關於天才的觀察，是一個才子所作。他是不能否認的屬於那個有特殊權利的階級。在其他事物上，不論人們對於他的意見如何著想——例如關於匿名或者好作品是否爲金錢而作的問題——他那一般的文學見解和文學盛興的條件的見解是完全健全的。

或者有人以爲他的評註是專對德語而言，對於與德文如此不同的語言——如英語——恐沒有什麼意義。假如叔氏依狹隘的精神來論文學，並且把他自己限於只在文法上、說文解字上和辭藻上的美麗去咬文嚼字地追求，則前面所言之反對的論調是公正的。但是叔氏確不如此，他的論題牽涉得很廣，他採取廣大和普遍的見解。凡略知這位哲學家的人，決不會說他發言無力或含糊其辭。確實在叔氏的論文之程序中，他時時作些評註，這些評註的用意，顯然是闡明他的本國當時的某些作家的過失。但是在這種情形之下，我把他的句子改變一下，使它們的範圍較前開展，同時確不失原意，並且使叔氏成了一個任時任地批評這類錯誤的批評家。雖然在第八頁上有一句尖刻的話（見本書第七頁第七行），這句話就是向著膽敢修正原作品的繙譯者說的，不過余所改正，即令叔氏本人亦不能有所爭論。

叔氏的文學見解，原爲投時人之所好而發，距現在已經五十年了，可是在各處依然被發現是有效的，這是一件有重大意義的事實——也就是他的識見深遠，意見大半公正的一個證驗——話裡的意思就是說：他所說的話是值得一說的，並且他的話對於不同的時代不同的聽衆一樣適合，因此他的話大抵是有永久興趣的。

聰敏的讀者將要見到叔氏作品的魔力多半來自他的個性，他不是一種僅僅作書的人，乃是一種自己思想而且把自己的意思顯明地寫在紙幅上的人，或者是把處處所見到的虛僞假面具給揭開的一種人。當叔氏牽涉到文學的時候，此種情形最爲眞確；正如同叔氏在他的人生論中，他不諂媚一般人，所以這裡他是自由的，並且把著者們特殊的過失直言無隱地說出。同時他給他們良好的勸告。關於讀他人的作品一節，他介紹了一種限度，並且忠告那些讀者去啓發自己的獨立思想，並且在這裡他回想到屬於霍布斯（Hobbes）的一句話，霍氏是一個榮顯的作家，也是一個榮顯的哲學家，屬於霍布斯的這句話的意思，就是說「**假如霍布斯讀書像他人一樣多，他也就像他們一樣的愚昧了。**」

叔氏也給了一個警告，反對把俗鄙的目的納入到文學的事業裡面。假如我們從他的話，我們就可以分清以人生爲目的而作的文學與以謀生爲目的而作的文學。關於愛眞理和美麗一層，我們也可以分清眞實的愛與可憎的虛僞的愛，第一種愛全視市價的高下而定。有些以賣文爲業的人，也願人們知道他們是營業的人，不過我此處所說的話與此種人無涉。假如我們可以藉著第二個隱多耳（Endor）地方的女巫的幫助，把叔氏的靈魂喚起，我們可以聽到叔氏對於自他那時代迄今仍流行而且得到人們過分之注意的某種文學企業所發表的意見。這是很有趣的。我們可以冒險猜一猜他的意見所採取的方針，他無疑地給我們看那些自命爲文士的人們所辦的這種企業，結果必然把文學化爲一種商品，並且把文學當作貨物買賣以獲利，如果作者名字著名的話，迅速的報酬大概會產生的。有些人藉著諂媚在世的成功的著者——從死人中找不出便宜來——也牽涉到文學上去，希望在他們的回光中得些利益，且把這種利益變成金錢——如果我們把叔本華的靈魂喚起，而未聽到他對於這些人們作強有力的指摘，那麼一定不是眞的叔氏靈魂了。

我毫不猶豫地把書的節目另行布置，與原書中之節目略有出入；所以原書中有二或二以上的論題連續地列在一章以內者，我這裡使它們各據一章，分章獨立。所以本書中有些節目在原本中是找不著的。然而我可以說，下列幾篇文章如〈著作家的職務〉、〈風格論〉的後半部都是直接取材於「論著述與風格的一章」。〈批評論〉的其餘的一部分與〈名譽論〉來自「判斷、批評、賞識與名譽」。〈拉丁文的研究〉、〈學者論〉和〈文學的幾種體裁論〉諸篇主要方面乃是取材於下四節：㈠博學與學者，㈡言語與文字，㈢讀書和書籍附錄，㈣美之形而上學。〈自己思想論〉係由「獨創的思想」一題內所含評論的所繙譯而成的。〈天才論〉對於叔氏是一個關乎思考的好論題，叔氏在他的作品的進程中，常提到天才；關於天才的理論，在本書的末章內可以找出，然而他總是把這同一的理論用力發揮。雖然這篇文章與文學的方法無關，但是它所論的題旨，確是文學成功最需要的成分，因此我把它介紹了來。它是《論文集》（*Parerga*）中的一章，此章的名稱是「與智力的一般及其在一切情形中相關的思想」（Den Intellekt überhaupt und in jeder Beziehung betreffende Gedanken）。

我應該給這本書創造一個名字，這件事已經成了我的本分中的一部分；我很知道關於我所選的書名，可以引起一種反對，因爲普通的語言上很少把文學當作藝術來談。不過**油畫**、**音樂**、**雕刻**都可有二重的意義，獨**文學**不可，未免於理不合。所謂二重意義，乃是㈠某種心智活動客觀的結果，設法以外面的形態發表出來；㈡或者是所說的一種特殊心智活動和它所從的方法；並且當我們說某一作家以文學爲職業，我們在事實上確把文學依後者的意義來使用。假如把文學當作心智活動的程序或結果來講，那麼把文學當作藝術來談是不會錯的。我把藝術這個名詞依廣義來用，它的意思是表現思想的技巧，或者更充分地說，它的意思是應用於實際表現思想的規則上的正確用法。至於文學，上文所言確是這個名詞的意義和應用，此種意義和應用已由古代之偉大作家的往例充分地成立了。

人們當然可以問，是否眞正的思想家，也就是眞正著者的靈魂，如此會得忙於他要說的話，以致他在那用力修飾語言上似乎是一件無關重要的瑣事？實在文學必須涉及我們的生存之謎、人生的大事、內心轉變著的熱情、高深之道德眞理的識別，如此才配享此美名。大抵人易於過於重視思想的外形力求謹嚴和注意字之布置，此種注意用來提高新的觀念倒比較好些。一個犯了這種錯誤的著者，類似一個紈袴子把他的一點腦筋都用在美容上。簡言之，人們可以歸罪於稱文學爲藝術的文學見解，因爲此種見解，贊成淺學和怪異與虛飾的風格，而不把眞理識見作爲著者的目的。在這反對論中，一定無疑地有公允之處，有些作家企圖不以增加世上的觀念獲得信任，而專以輕視樸素語言之使用獲得信任。在我們的時代而特別在年歲較輕的人們中，不乏此種作家，他們的錯誤在文學史中並不新。五十年前叔氏已把這種錯誤殘酷地畢露出來，叔氏的殘酷的暴露，依然可以用於現存的這種錯誤，這是叔氏的深遠識見的一個顯證。

假如准許用隱喻的話，這種作家可以稱爲文學中的印象派，因爲他們從事於製造美而雅的辭藻，缺乏精神毅力，並且通常具有平凡的意思，所以我們必須小心地辨別技巧和藝術。但是雖然他們可以從叔氏的勸告中得些東西，然而叔氏主要的並不是向著他們發言，他乃是對於塡寫報紙各欄及評論報內篇幅的一般作家和造出每年出版的長篇小說的時尚的人們而說。現在差不多只要能提得起筆來的人，都希望被稱爲著者，文學是一種藝術的一層，在某些方面較在其他方面尤爲重要，最好我們注重這件事實。有些風格和論述的性質，能使一個作品得到好文學的頭銜，文學的藝術一問題，就是發現這些性質。在起初警告讀者，假如他願避免被引入歧途，他在尋覓這些性質的時候，應當去看經得起時間的試驗的好書，因爲現在草率急促的作品作了如此的多，所以凡是讀書多的人，難免不沾染上這類作品的錯誤，並且漸漸地也就與壞方法熟習，而和它們成立了危險的妥協。有許多東西如報紙、月刊和最近的新的陰謀和冒險的故事，本不配稱爲文學，假如這些東西即便未把讀者全部的讀書時間占去，也占了去許多時間，前面所提的警告是特別需要的。有些人很誠懇地要得有含在最好文學語言中的極佳思想，假如對於他們同時代的作家過於注意，雖說這些作家思想與寫作俱佳，他們也不能完全避免危險。因爲任何著者的功績，一世不能斷定；並且因爲文學與藝術相似，是人類發明的東西，所以假如它能於人類求眞美眞理的最深的感覺上建立一種永久的接觸，以此而得到人們永久的景仰，那麼它才能夠說是好的作品。依此而論，古代名著是寫作之藝術的最好模範，叔氏以爲忽略古代名著將要一定無誤地使文學日趨於退化。發現最好的風格性質和構造寫作的理論的方法，並不是追隨取悅一時的習氣，或拘守文學上特殊的體裁；乃是要研究偉大作家作他們那最好的作品的方法。

人們要說叔氏未將我們以前所不知道的事告訴我們。或者是如此的，因爲他本人說最好的東西很少是新的。但是他把老的眞理用一種新鮮和有力的方法提出來，凡知道好文學的人，沒有一個否認這些眞理，現在一樣很適用。一兩年前一個有創造天才的人，把許多英美的作家拉在一起，使他們公然承認他們的文學信條，和他們在著作上所採用的藝術，他確把此事辦成，他在一本有趣味的書裡，把這些名家的承認貢獻給世人，這是適應眞正的需要，雖然此書內所有的勸告大半是已經依不同文體發表過的，但是這本書確含有良好的勸告。最近一種新的背馳正道的東西出現，它的用處是可疑的，而且有兩本書發行出來，有一本的目的是作一個著作者的指南，另一本的目的是給些文章上的暗示和文章的作法。把這兩本書看上一眼，就可以看出他們的著者尙須多事研究學術。不幸這些投機事業竟會得衆望，並且雖然它們也要與本書站在很相近的地位，我敢說本書與它們毫無關係。叔氏決不希冀教人無草造磚的藝術。

許多評論者很令人滿意地接收了此叢書的前幾部書，我希望藉此機會向他們致謝；我也很高興地對於我的朋友柯林屋得（Mr. W. G. Collingwood）先生表示感謝之意，他曾對我這本書費了很多校閱之勞，並且在我努力去把叔氏作品譯成可讀的英文時，他給我極好的忠告。

桑德斯（Thomas Bailey Saunders）

一八九一年二月

目錄

著作家的職務論

世間有兩種著作家：有的是由於爲題目而著作，有的是由於爲著作而著作。其一爲其有値得傳達於人的思想及經驗。其一爲需要金錢；故其爲金錢而著作，他們的思想爲著作事業的一部分，認爲因爲他們發表的思想達到最大或種種原委上；因此按之他們思想的本性，可以說是半信半疑，背馳正道，強詞奪理，翻覆無定，加以貌似而實非的直說，因之他們好似異於他們本來的面目。

所以他們的著作缺乏清楚與精確，而他們的著作不過辜負他們那可貴的思想，全然占紙幅而已。這種情形有時偶然眞正著作家亦所不免。如萊新（Lessing）的戲劇與仁保爾（Jean Paul）的許多傳奇小說就是。當讀者知覺此種情形時，使其擲去此書；因爲光陰是貴重的。實言之，因爲當著作者爲占紙幅而著作，他只是欺騙讀者；因爲他是佯作要說此事。

爲金錢而著作及爲保存著作權而著作，到底是文學的凋零。一個人如不完全爲他的題目而著作，則不能爲有價値的著作。文學各派流僅有極少數的書爲傑作，豈非一可貴的贈物！著作爲金錢，永遠不會有此贈物。這好似金錢爲其禍原；因之當每一個著作者用筆於紙而無非爲得利益，則必流於下流。最偉大的人的佳作多來自其不希望什麼或爲極少希望。西班牙有一極好的諺語說：「名譽與金錢不可兼得。」故現在文學所以有如此不好情形，純粹是因爲一般人爲著書而得金錢，一個人是因爲需要東西而遂伏案著書，而大家又十分糊糊塗塗去買它，故其演下的結果爲文學的凋零。

許多不好的著作家用一生精力，去供給愚狂的大衆讀那毫無所得的出版物——，即我所謂新聞記者，實言之，即專作一項應用者；明言之，即**手藝**人或工人。

尤有言者，可以說世間有三種著作家：第一種係不加思索而著作的人。他們著作出自充足的記憶與回憶；可以說直接寫自他人的書本，這一種人是占最多數。第二種著作人係當其著作時方用他們的思想。爲著作而他們方思想，這種人也不少。最後一種著作家係思想於未著作之先，這種人是罕少。

第二類非到著作時不用思想的著作家，他們好像是一個無定鵠而漫遊的打獵人，及歸家時似所攜回者不多。在他一方面言，第三類或罕少類的著作家著作時，則好像一種圍獵，在極小地方內所追逐的野獸已經早被捕獲而圍困，自此以後又擴張到其他地方亦可捕獲圍困野獸，一時如此者數次。這野獸不能逃出獵人之手，他無別事可作，僅目的與射鎗而已——換言之，即寫出他的思想。這是一種娛樂的事，一個人可以表示其所有。

第雖在起手著作前而切實眞用思想的人是少數，而他們專向文題上著想者更居少數；其餘的人僅思想到曾經有此類題目的書籍，以及其他人所說的東西。全然爲思想，此類著作家須有一種直接與有力的激刺物使他人的思想現於他們眼前，於是他人的思想成爲直接題旨，而結果他們常常在它們勢力之下，確永不在於新創作一字的眞意識之下。但前一類的人依題目而引起思想，此題目可以立刻引導他們的思想，這類是獨一無二而產出垂名久遠的著作家。

自然在此我說的是那些討論非常題目的著作家，非關於那些論製白蘭地酒藝術的一類著作家。

除非一個著作家以材料而寫出他自己腦中所想，意即出於自己觀察，則他的著作均不值一讀。書的製作者、編輯者與普通歷史作者以及其他同類的人均直接取他們的材料於書籍中；而此材料直向彼輩筆端走去，當它經過他們頭腦時，並未受審查與付運費，意即不加琢磨運化或修正，假使他知道他的書中一切，這等著作者是多麼有學問！這結果是這些著作家以不周密而渺茫的態度去言談，雖讀者腦筋昏迷，而對於他們所思想者爲何，則毫無所明瞭。他們是毫無所思。這樣時常有些書係抄錄而成，即是同一情形，故此類著作是好像從一個模型內再鑄出一個灰泥模型，而結果單獨有外貌的粗形，且難識你自己一切美好意念所遺留的一點，使編輯之書幾無可讀，這是很難免除這類著作；因爲編輯書中包括有各世紀集合之一小部分智識的課本。

意料後來著作較更正確，即後來所寫無論如何是爲以前著作的修正，以及變遷常屬進步，均爲無上的謬誤。眞正思想家，正確判斷的人，努力從事於題目者——皆是單純例外者。害群之人是爲世界各處的準則，他是機警，他取思想家的成熟意見，努力求用其自己特殊方法以修正此成熟意見，不顧思想家目的如何。

是以讀者欲研究任何題目，須小心勿急求於最新書籍中，並須小心勿專注它們，更須小心知識是常進步，而新書是由舊書推引而來的。由舊書推引而來固爲實情；但須明如何推引而來。新書著作家常常不能澈底明瞭舊書，而他確仍不願意取舊書的切實原文。故往往修改舊書成爲拙劣。舊作家對於他們的題目用自己活潑思想的理解，用極佳與清楚的方法立論，而新作家確以自己拙劣的方法改其言辭。新作者常常去舊作者所言的精采處、最有感人能力的解釋，和最巧妙的特點；因爲他並沒有看見它們的價值或感覺它們的含蓄要義。他僅得其皮毛與乏趣處。

舊而傑作的書被新書所排除，是常有的事，這些新書全爲金錢而著作，被一部分朋友造成大加推許及揄揚過實的空氣。在科學方面一個人以發明出一些新東西而試作其特點。除攻擊通行正確的理論爲他自己謬誤的概念留地步外，毫無價值。有時這種勢力可以一時成功；而不久又復於舊而眞的理論。這種改革家是確切無關緊要，而僅僅關於保重他們自己個人：這是因爲他們打算往前進展，故他們自己想，如欲達到目的，其最敏捷的方法乃由似是而非處論起。他們的空洞腦筋自然趨於非正面的道路上；故他們開始否認久已公認的眞理——例如生活力與交感神經系和比西提（Bichat）的情感作用與理解作用的區別。或有願吾人歸返於粗劣原子論及此類相似的理論。所以**科學行程常常是退化**。

對於這班屬於繙譯的著作家，非僅繙譯原著者，而且改正與校正他，這種行爲吾以爲唐突，我對於這些著作者說：「你自己要著作那些有繙譯價値的書，而棄去其他一切著作於不顧！」

讀者如有力，即應研究這些創作與發明的眞正著作家，或者，無論如何亦應向大家認爲各門智識的專家去研究。讓他買舊書較讀新書的內容爲佳。增益於新發明是誠然易事，是故研究者在已經精於他的學科門徑後，將使他熟悉於這種最新近知識增益的一部。故普通來說，下面準則可以在無論何地均證實：「假使一件事情是新的，它是不常好；因爲假設它是好，它僅可爲一短時的新。」

書之應有書名，正如信件之有住址人名；換言之，書名的主要目標應當使此書置於群衆中能使其對於書的內容有興趣。故它應有旨趣；且依它的性質應當簡短、明瞭、言簡意賅、含蓄要義，如能用一字表其內容更好。一個冗長語詞的書名是不好；故其爲無趣，或爲暗昧與含糊，甚或爲無稽與謬誤，卒之足以累害書籍，正如同一個謬誤住址的信件不期而至了。一切最壞的書名是竊有，我以爲這些書名是已經取自其他書籍；因爲它們第一層是抄襲，第二層是極端無疑地證明其完全缺乏創作。一個人不能創作而爲其書發明一新書名，將更不能作出書的新內容。彼與這些竊取書名者爲同類，意即謂具竊取範圍的一半；例如，照余曾著的《天性意向》論文，歐爾斯畏德（Oersted）曾著作一部書名爲「天性心靈」。

對一本書非深印該著者的思想不足稱；而他思想的價值，或在其**所思想的材料**，或在其發表思想的**形式**，換言之，**書者記其所已經思想者**。

書的材料是極多，而材料中亦有許多優秀者在書中。吾所說的材料是來自眞實經驗範圍內；意即謂歷史上的事實與自然的事實，或取自它們自己與它們極大的感覺上。在此所論的事物賦予書籍特別性質；故凡依此著作，其書始能爲重要的書。

但是關於格式，則書籍的特性依作書的人而定。書中所論材料接近於一般人，而且普遍皆知；但是，這是討論著作者所想事體的一種方法去表出書的價值；而此來自書籍著作人。故設自一本書觀之，此書如爲不可比的傑作，則此書的著作者亦必出類拔萃。推之，如著作者有讀的價值，則其所發生的名譽恰與其無關材料成比例，故極著名則更公用，而彼更令人欽佩，例如希臘三大悲劇家，均作同樣題目材料。

故當一本書被稱讚時，應當注意其稱讚是因爲書的材料或書的格式；所以應當得其區別。書因爲它們的材料而重要，可以出自極平常與淺識的人們，因爲事實上他們獨接近於這些材料；這些書，例如它們描寫遠道的行程、稀有自然的現象，或實驗；或作者親見歷史的事變，或有關於他們曾費許多光陰與困難而深究和專攻的原來文件。

另一方面言，這些材料是接近於一般人或普遍皆知，則一切事體將依其格式而定；而思想到這些材料將作出書的價值。僅眞正卓越的人始能作出值得誦讀的東西；因爲其他人僅思想另外人所能思想的事，別無所有。而他們確作出他們自己思想的特質，但此爲任人所有的原始特質。

無論如何，對於材料及格式大家是極注於材料；因此之故，在任何文化的高度是有缺欠。大家對於詩詞，更有可笑的見解；因爲大家極用力於追尋詩人的生活事實及個人的環境，且視爲詩人的各種著作是產生於此，甚且以其事實及環境較其著作本身尤爲重要；誦讀歌德（Goethe），一般人愛讀關於歌德的歷史較之愛讀歌德的著作爲尤甚，而研究浮士德（Faust）的傳說較之研究浮士德的戲劇爲尤勤苦。愛材料勝過於格式是如同持以脫勒司更的器皿（Etruscan vase），不讚賞它的形狀或顏色，僅用化學分析它所含的土質與顏料。

以所用材料試驗得結果——引誘大家入不好趨勢的試驗——是大

家判斷格式屬於文學的各支派，是以明白格式極不合公用；我指的是大家這種見解在詩的著作上。雖然常常發現劣等戲劇家試用他們所寫的材料來滿足聽衆。例如這類著作家並不怕用著名的人放在戲劇內，也完全不論這名人的生命曾與戲劇穿插無有關係，而有時不管與他有密切關係的人們是已經死去。

我在此所諷指的材料與格式的區別，亦頗適用於談話。最能使人談話精美的特質是智慧、識別力、機警敏捷與輕快！這些特質能圓滿談話的格式，但遂後即應注意他所說的材料——換言之，即他可談話的事物——他的智識。假使智識是小，除非他持有極超常的程度的上言格式的特質外，他的談話將無甚價值；因爲他將僅談及任人所知的人生與自然事實外，別無他事。無論如何，假如一個人是於這些格式的特質有所缺乏，但是他具有智識的結合能使他所言談有價值，此則反面的事。此時這個價值將完全賴乎他的談話材料；因爲西班牙諺言有曰：「一個愚者知其一己的事業較優於智者知他人的事業。」

風格論

風格爲意念底面貌，且爲品性表示物，較面孔尤爲可靠。凡摹擬他人風格，宛如戴一假面具，無論如何的精美，則不久即生不喜與厭憎，以其爲無生氣之故；因此雖最醜的活臉，亦較優於假面。所以凡用拉丁文著作與摹擬古作者的狀態，可以說其戴假面具而發言；讀者確可以聽彼等所言，但同時確不能看出彼等的面貌；以其不能見彼等的**風格**。用拉丁文以著作者，其自己思想情形各自不同，而其風格可見；我所指的著作者是不肯去作任何類的摹擬，如依諾季納（Erigena）、柏羅他克（Petrarch，今譯佩脫拉克），培根（Bacon）、卡加爾（Descartes，今譯笛卡兒）、司賓諾撒（Spinoza，今譯斯賓諾莎）以及其他許多著者。虛飾風格如扮臉。推言之，凡人以國語著作如戴彼所屬國的面貌，是以自希臘國語以至南北中美島人國語，其間有許多難解及不可破的界別。

造成一個作者的出品價值的臨時的評價，去知道他想的題目或他對於題目所說的是什麼，是不直接的緊要；應該詳讀他的一切著作。大抵知道他**如何**思想就差不多夠了，去表現他的意念的至要氣質或普通性質的東西，可以用他的風格明切確定。一個人的風格表示他那一切思想上形式的天性——這種形式的天性，永不能變更，可以說這是他那思想的主人或人物：這好似一生麵團，一切他所含的思想都自此揑成。當人問尤倫司卡加爾（Eulenspiegel）「你須幾時能自此村行至鄰村？」他給一個似乎不合理的回答說：「走」，他欲使這個人的步量來尋出他在一定時間所走的距離。所以用同樣的方法，當我已經讀了一個著作家的幾頁作品，可以十分明白地知道他能引我至如何遠。

大抵通常著作家均試裝飾他自己的本來的風格，因爲他心中知道我下面所說的眞理。他是被力迫於初創作時努力於正直或質樸——一個特權是留作高尚意念和自重知覺與深知他們自己來用！我所指的是這些日日著作的人而卻絕對不能決意來寫出恰如他們所思想的；因爲他們有一個意念是假使他們這樣作，他們的著作可以視爲太小兒氣或太天眞與太純直了。第這些一切也不能說無它們的價值。假使他們將誠實地去著作，而說得十分純樸，說得他們實在所想的東西及恰如他們所已經思想的東西，這樣著作家在他們自己本範圍內固然可以誦讀，而且還可以啓迪世人。

但是他們不去這樣作，他們卻試使讀者信他們的思想是比實際情形更爲遠大與深刻。他們說什麼，他們用虛張有力與不自然的方法造成冗長詞句來說；他們發明新言辭，用冗長時期去繞著這思想說了又說，而且往往用一種隱眞的作法來包藏起這思想。他們戰戰兢兢於傳達他們要說的與隱藏要說的兩個不並立的目的。他們的目標是盛飾這思想，使它好似有學問或深刻；因爲要給一般人印象是比一時寓目的價值更高。他們或者漸漸略記他們的思想，用短促含糊與似是實非的文句，這文句顯明地比他們所說的價值更高——這類著作以石林（Schelling，今譯謝林）的自然哲學論文爲一個顯著的例證；或者否則他們用一種泛濫無章的詞字與大莫與比的鋪張，好似滔滔不絕的，要使讀者明瞭他們文句的深意，其實如非眞正瑣碎的意念，這是十分簡單的東西——這類成例可以在費啓特（Fichte，今譯費希特）名著中找出很多，而其他幾百鄙陋的哲學小書不值一提；或再言之，他們試驗作作品，卻用他們那些曾願意應用與思想宏大的特殊風格，例如深奧與科學的風格，使讀者因冗長段落的痲醉結果，而甚受痛苦，且不能得他們一個意念——如上所述，在一特別定限內很多這些最輕視一切衆生的黑智爾派（Hegelians，今譯黑格爾派）哲學家也產出這類作品，或者這是他們已經奮力追求的風格，雖好似他們的目的是全然不能達到，而在其他許多方面亦復如是的毫無實情？這些奮力者免除表示這可笑的小動物是生自極大痛苦，常常使人難以知道他們眞正指的是什麼。所以當時他們所寫出的詞句可以說是與他們的任何意義不相連屬，而且通篇全文亦然，但是仍希望另外他人將自此中得他們的意念。

這一切究竟是什麼？這是不費力去思想而銷售文字；一個貿易方法常常是試作自己新的開創。而且藉用奇異語法、成語格式及其他種新的或常作新意的聯類詞，來生出智慧狀態，爲的要使人很難覺得其中缺乏智慧。

當觀察作者如何對眼前的物象，試用此一種特別風度而又用別一種特別風度，似如他們是戴上智慧的假面具！這事是有樂趣。這個假面具或者可以欺騙這些無經驗者於一時，直到發現它是一個死東西，無有一點生氣在裡面，這時它被嘲笑而且棄去它另換別物了。這些著作家將有時用激昂感情寫作，好似他們是酣醉；在他一方面，他們將用華麗莊嚴深奧與冗詞來寫，顚倒於最累贅的方法及爭論於極小的事體上；好似這溺於禮節的舊主教，僅穿著時髦的新衣服。不明顯的假面具存在已久，但是這是僅在德國，或者這是費啓特所輸入，石林所完成，而黑智爾（Hegel，今譯黑格爾）成就到極高音度——常常有最好結果矣。

無有能比寫作到無人能了解的事更容易，反言之，恰如，無有能比用一方法去表示深奧的事情而使任人必能理解它們的事情更難，我所指的一切藝術與技術，假如著作者眞正有一點理解力，則均歸無用；因爲它能使他表示他是什麼。何瑞司（Horace）的格言說「好意念是風格的淵源與根本」是時時證實——Scribendi recte sapere est et Principium et fons.

但我所指的這些著作者是像一些金屬工人，他們試合百種不同的雜質來代替眞金——確永不能代替獨一無二的金類。與其這樣，無論什麼都不如一個作者自己小心去作，比較他顯然用力於裝飾原有的眞智慧還好，因爲這樣使讀者揣疑他所有的極少；因爲，假使一人顯現任何東西，不論它是什麼，這是恰似他是欠缺這個，這是通常情況。

所以對於一個著作者說他是**天然**，這意思是他毫不畏縮地去表現他自己是什麼。普通說起來，**天然**是能引人入勝；若乃缺乏天然，在任何處均受排斥，我們考察每一個眞正著作家都用力表明他的思想，使它明白清楚精密與簡潔，這是事實。無僞飾常常爲眞理的記號；這也是天才的記號。好風格來自表現的好思想；但是虛僞思想家以爲思想的精美由於風格的好壞。風格無他，不過是思想的陰相，而暗昧與劣下的風格，即一愚魯或混亂腦筋。

好風格的第一要則，是「**作者應有些事來說**」；且在風格中此爲急要，噫這究有何意！在吾國哲學著作中違反這個規則是一根本特性，而其實在吾國沉思文學中自費啓特以來更顯出此特性。這些著作家可以使他們自己顯出他們有些事要說，其實他們無事可說。這些著作，被大學假哲學家造成，而現在盛行各處，即此時第一等文學名人亦受此影響。在一句中有兩個或更多的意思，這是牽強與暗昧風格的根源，且冗長與繁累的表詞方法，稱爲「不自然文詞」（Le stile empesé）；再者僅費詞來寫宛似洪水泛濫不止；最後用亂雜永無結尾的多言來掩飾和隱藏思想的困窮，而喋喋不休的好似一風車，十分使人昏迷的東西——這樣材料一個人可以讀了幾點鐘而不能得到一個單純清楚的表明與定念。無論如何，大多數人是易趨此途，而他們養成一頁又一頁去快讀這類繁詞的習慣，對於作者眞正所指的特別意思是什麼，則全無所得。他們想像一切應如此，而不挫敗於尋找他是僅爲著作的原因而著作。

另一方面言，一個好著作者，如富於意念，則當他寫作時，不久即使他的讀者相信他是眞實說此東西，而使有智力的讀者去忍耐注意他。這樣一個著作者，正因他實在有些事去說，將永不挫敗於用最簡單的與最直爽的方法去表現他自己；因爲他的目的是引起讀者所有與他同樣的思想，這樣他將能贊成擺羅（Boileau），他的思想到處是光天化日，而他的詩常常是說些事——不論是好是劣。

Ma pensée au grand jour partout s’offre et s’expose,
Et mon vers, bien ou mal, dit toujours quelque chose:

上面所描寫的這些著作家可以確定，同一詩人的文字，他們說得多而永不說些事——Qui parlant beaucoup ne disent Jamais rien.

這些著作家的其他特性，是他們常常免除正面的斷言，不論何處他們能這樣作，爲的是留一遁路，遇必要情形時要逃避。所以他們永遠選這更**抽象**的方法來表現他們自己，但是有智力的人用更**具體**的方法，因爲有智力的人表現東西是在這眞正明顯的區域，這就是一切證據的根源。

在此有許多例證可以證明這個愛好抽象的語法，而特別可笑的事，是去用動字「**立規條**」三字作爲動字「**俾令**」或「**生出**」的思意，一般人說「**規定此事**」代作「**俾令**」因爲是要抽象與不定才說得少；它確定說「無乙則甲不能這樣」來代替「乙使甲這樣」。一個後門是常常開著；此門適合一般自己無力的隱藏智識的人，使他們具有一種永懼一切正面的確說；同時因文學的拙劣與生活不良的事實等趨勢的結果，使其他一般人容易擬倣——一個事實各方來證明出它發展很快。英人用他自己的判斷力來寫東西恰如他所行的；但是這種讚詞在德國比在任何國都多。諸事情形的結果是「原由」一詞，這一個詞近來差不多在文學語言中已經不見，而一般人僅言及「情況」一詞。這個事實值得說及，因爲這是非常的特別可笑。

此種事實，是這些平庸著作家當他們著作時，他們永無半覺，很足以理論他們意念的遲鈍與他們所產生那可厭的東西。我說他們僅半覺，因爲他們眞正是他們自己不能明瞭他們所用的字的意義，他們取已有的文字而牢記不忘。所以當他們寫作時，他們作出全詞句並不用很多字（phrases banales）。這是在他們所說的思想中顯然缺乏清楚表現的解釋。這事實是他們無有表出他們著作式樣的鐫模，他們得不到他們自己的清楚思想，我們在此發現什麼？——一個渺荒隱謎混雜的文字、通行的成語、卑陋的名詞與時尚的語法。這結果是他們所寫的昏迷的材料，是用極古的式樣印的一頁紙。

在他一方面言，一個智慧的著作家，當他寫時是眞正對我們說話，這就是所以他能引起吾人興趣而與我們密切地會談。這是智慧著作家所獨行，他結合一己的文字而用熟思審愼的計謀選擇文字。所以他們的說法立在前面所說的著作家之上，好似用一印板眞正作出一張眞的畫片。在此情形下，每一字或每一觸印，均有一特別目的，另言之，一切是驗實而作成。這同樣的特性可以在音樂中觀察出，好似力呑百若（Lichtenberg，今譯李希騰堡）說葛力克（Garrick）的神靈好似在他身體各筋肉中，所以才子的著作常常各處均有其智慧。

我曾經暗說煩厭足徵這些著作家的著作；而在此種關係中普通應當考察煩厭有兩種：客觀與主觀。當著作缺乏追問是客觀上的煩厭；意即謂著作人是無十分清楚思想與智識去傳達。因爲如一個人在他有任何清楚的思想與智識，他的目的將爲傳達，而他將要管理他的能力到底；所以他具有的觀念是各處能明白表出。這結果是他是既非傳物，亦不愚而無意，亦不紊亂，而結果因此不致煩厭。在這樣一個情形之下。雖著作者是眞謬誤，這謬誤無論如何是清楚作出而且思想起來，所以至少這是正式不錯；所以有些價値常常附於這些著作中。但是同樣的理由，一個著作是主觀的煩厭，則無論如何是時時缺乏些價値。

其他種煩厭是僅有關係的：一個讀者可以考出這著作是無味，因爲他於討論問題時無興趣；而這即他的智慧是有限制的。這最佳的著作所以可以是主觀的煩厭，我所說的煩厭是此人或其他特別人；恰如，反言之，這最劣的著作可以爲主觀地壟斷這些有興趣於討論問題的人或特別的人，或書的作者。

假使他們能明瞭這個，大抵使一般作者到一個好場所，其實一個人應當思想像一個大才子，假使可能，他應當如同另外人談同樣的言語，著作者應當用普通文字來說非常的事。但是他們作的正相反。我們察出他們試用堂堂文詞來包括瑣碎觀念，用這最過度的成語和這最遠大不自然與出例的語法來隱藏他們的極平常思想。他們的文句永遠近於誇張飛揚。他們樂於談非常與誇大的詞句。而作出一個飽滿浮燥激烈過實飛揚的風格，他們的模型是古代碧司多爾（Ancient Pistol），碧氏的朋友富士特夫（Falstaff）有一次告訴他說，他所曾說的好似這個世界的一個人。

無其他國語的詞式能如法文的不自然文詞（stile empesé）確切合宜；但這事體多發於此。當熟識於虛僞，而社會間的高貴宏大空氣與古板傲慢態度亦常存於文學；而同樣的極大阻礙發生。意志愚鈍是嗜好穿著這樣裝飾；正如在平常生活中愚鈍人愛作假穩重與規矩的樣子。一個著作家用古板風格來著作，好似一個人裝飾他自己，爲的是免除與下流階級紊亂或同歸一列。這上等人，甚至於穿他的最壞衣服亦永遠無此危險。一般平民可以依一種衣服裝飾與一種使東西燦爛新鮮的願望而著名，故同樣的情形，這些平庸的人以他們的風格而誤入邪途。

雖然，假使一個著作家，著作恰如他所說的，則一個謬誤目的隨之而起。著作無風格，但追蹤題詞與碑銘的類屬風格，眞可作一切風格的祖先。因爲一個著作者著作如他所說，是正如那「所說如他所著作」的相對的錯誤，這對面的錯誤一樣的可以責咎；因爲對於他所說的生出一個拘迂的效果，而同時使他難以明瞭。

一個暗珠與渺茫的文詞方法無論何處與何時是一個極壞徵兆。百分之九十九情形中，這是來自思想渺茫，而這是常常在思想本身上有些根本的謬誤與不合——簡單說，這是不正確。當一個正確思想發出於意志中，用力設詞而不久可以達其思想；因爲清楚思想容易尋字以符合其思想。假使一個人能全然思想此事，他是常常能用清楚明瞭與同意的詞語表現思想。這些著作家作成艱難暗昧與隱含與雙關的文句，實則大半是眞不知他們要說的是什麼。他們僅對於它有一個愚鈍知覺，仍然是正在奮力使它如一思想，實則他們的欲望常常是掩蔽他們自己與其他人，眞正全然無事可說。他們願意顯露出知道他們所不知的是什麼，想他們所不想的是什麼，說他們所不說的是什麼。假使一個人有些眞正可報告的事，他將要選哪一個——一個不清楚的或一個清楚的表現他自己的方法？甚至於昆特林（Quintilian，今譯坤體良）說：一個受高尚教育的人所說的事是常常更容易明瞭與極清楚些：而下等教育的人他所著作是更暗昧難明——Plerumque accidit ut faciliora sint ad intelligendum et lucidiora multo quae a doctissimo quoque dicuntur.... Erit ergo etiam obscurior quo quisque deterior.

一個著作者應當免去有謎語的成語；他應當知道他願說一件事，或不願說一件事，所以無定意的風格，使許多著作家無精采。有特殊情形可以爲此規則的例外，就是當必須來作一注語是有些不合。

誇張常常生出一個結果，是與所志在者正相反；這種實情，所以文字用處是使思想明瞭——但僅僅達到一個定點。假使文字堆積過於思想，而思想成爲漸漸暗昧。尋此定點在何處，是風格問題，是批評能力事業；因爲一個字常常更足以損及宗旨。這是那富路特爾（Voltaire，今譯伏爾泰）所說的，當他說「**形容詞是名詞的仇敵**。」但是，我們曾見許多人試用多量的冗詞來掩蔽他們的思想窮困。

依此情形，讓一切冗長詞句免去，一切無意義與不值讀的連貫註釋免去。一個作者必須愛惜讀者的光陰、忍耐與注意；這樣引讀者相信他的作者著作那值得細心研究的東西，而將報酬他所費在作品的光陰。這是很可施用何色特（Hesiod，今譯海希奧德）的格言《工作與時代》（*Works and Days*）——一半是優於全部，使討厭就是全說出來（Le secret pour être ennuyeux, c'est de tout dire）。所以假使可能的話，僅僅精華！足引思想，無他，讀者將自己思想了。用許多字來傳達少許思想，不論在何處均爲庸人的不錯符號。用少許字來集許多思想顯印出是才子。

最美麗的眞理是不掩飾；而它作成的印象，是極與它簡純的語詞成比例。這樣一部分因爲無阻礙地取得聽者的全副精神，而使他無附帶思想來煩擾他；另一部分因爲他覺得在此不受修辭藝術的引誘及被欺，但一切他所說的結果是來自事物的本身。比方，關於人類存在的浮誇宣言，哪有曾比加布（Job，今譯約伯）說得更好？——「**人是生自一個婦人，是僅有一短時間生活，而且充滿災難；他生來與死去宛如一花；他飛逃好似一個陰影，而一次休止永不再繼續。**」

故歌德的天然的詩是比色爾（Schiller，今譯席勒）的修辭學更卓越，因此許多普通的歌曲易於感動人心。關於建築則過量的裝飾應當免除，所以在文學藝術上，大抵一個著作者必須注意反對一切修辭上的裝飾，如一切無用的冗詞與一切語詞的過度均須免去；簡言之，他應當努力於風格的清正，一個字如能免去，而仍留之，則有害不淺，簡單與天然的定律適用於一切精美的藝術；因爲它確能顯出純樸與高尚。

文詞的簡約在任何處都可以說是值得說的事，免去那對於人人所能自給的事去煩厭地細說。這包括什麼是缺乏的與什麼是冗多的眞正辨別。一個著作者不能以簡單損失清楚，亦不能視合文法爲等閒。這表示可憐的缺乏判斷力，而變成一個無力的思想文詞，或者因爲用了幾個不好的字而阻礙一句的意思。但是，此乃現時一般假飾簡約的拘泥規則而奮力者，他們荒謬地從事於捨去有用的文字，甚至於捐棄文法與論理。不但這些著作家打算省免一句，於是用一個單動詞或形容詞來代替幾個不同的文句，而同時讀者也好似暗中摸索。在許多方面他們努力於言辭上用不適當的經濟方法，他們愚魯地寫到詞句簡約與風格簡純，而省去些那可以解明全文的字句，他們作成一謎語，而讀者用力於反覆又反覆地來解它。

豐富與有力的思想生出風格簡約與含蓄要義，別無他法。假使一個著作家的概念是有力或清晰而值得傳達，他們必須配置事體與物質使其足以充滿文句來表出其概念，使其各部在文法上與字句間都無缺點，且在此情形下無人能尋出它們是不眞實以及無意識與無力，這選字學在各處都是簡約與含蓄要義，而且使思想明瞭與詞句適宜，並且顯明的到處喜愛。

所以爲減省著作的詞句和體裁，一個著作家須增廣他的思想。假使一個人因病而曾削瘦，且考知他的衣服太大，不要剪裁它們，僅須恢復他那平常的身體狀況，這樣他可以使衣服仍合適於他。

我在此要指現時極流行的一個風格謬誤，而且文學墮落情況與忽略古代文言日爲增加；我意乃主觀的。一個著作家犯了這個謬誤，他想假使他自己知道他所指示的與願望的是什麼已滿足了，而不爲讀者著想，他盡其能力得它的根本。雖說著作者是持一個獨語，其實這應當是一個對話；一個對話，他必定表示他自己一切更清楚，如同他念及不能聽他的談論者辯論一樣。

因此，風格應永不屬主觀的，僅**客觀**的；除非是有些文字寫下是直接力迫讀者去想，嚴如那著作家當他寫它們時曾想的一樣事。再言之，這將不能爲客觀的，除非這著作家是常常注及思想，甚至於隨著這重心定律走，此重心定律是思想經過腦筋而到紙，比那經過紙而到腦更容易；所以他必定用他那能力的各種方法來助這個自紙到腦的經過。假使他這樣作，一個著作家的文字將有純粹客觀的效力，好似用油彩去作成的圖畫；同時這主觀的風格，除了如汙點在牆壁上，是無有再的確明喻了，它僅僅能因它而偶然引起幻想的一般人看它好似形像；其他一般人看它惟沾點與汙點而已。這個所論的特殊異點可以完全應用在文學方法上；但是這是在特別例證上常常存在，譬如在一個新近出版品上我察出下面的文句——「**我未曾著作去爲增加留存書籍的數目**。」這恰如說這著作家要說的什麼事物的反面，殊無意味。

著作家不加謹慎，證明他在最初未曾與他自己思想密切連屬。

因有一個人相信眞理與他的思想重要，他才覺得需要熱心去作一個不倦和奮力求那最清楚精巧和有力的語詞來表現它們——恰如對於神聖遺念物或藝術上極珍貴的物品，必須預備銀或金的收藏所。這種感覺使古代著作家常常小心去著作，且用他們自己的文字來表出他們的思想，傳之數十年，並得古典榮稱。柏拉圖（Plato）毅力去著作他的《共和國》（*Republic*）一書的發端時，用各種方法修改，一直到了七次。

一個人如果衣服不整，當他遇著一群人時，易引起人不敬重他，所以一個人如有輕率不謹和不好的風格，足以使讀者無理地缺乏注視，而且讀者當時嚴重地責難它，甚至不願去讀這書。去看校閱者用他們自己的草率風格來批評他人的著作是特別有趣——一個貪利的風格。這好似假令一個法官穿上便衣與拖鞋來到法庭！假使我看見一個人穿得不好與不潔，初次與他交談，我覺得有些躊躇。而當拿起一本書，我因它的風格疏忽，立受感動，即棄置於旁。

好著作應當受制於「一個人在一時僅能清楚思想一件事」的規

律；所以他不應在同一時間去思想兩件事或更多的事。當一個著作家分開這主要文句爲數小部分，目的是用插句放在缺欠中而作成兩個或三個其他思想，因之無用與狂放迷亂了讀者，這是我自己國民所首先犯的過失。德國人自己引自己到這樣著作的地步，作出此事而不能校正它。在散文中無比法國散文更容易讀與有趣；因爲無議論中的謬誤，好似一個規律。法國人按其所能，貫思想於一，且有最論理與自然的次序，而如此一一安排它們於讀者之前，以爲其利於熟思，這樣他們每一條可以不致於分亂注意。另一方面言，德國人組合它們成一句，卻去顚倒與互易，互易與顚倒；因爲他是願意說六個事在一時，來代替一一往前說。他的目的應當是引動與保持讀者的注意；但是他除了忽略這個目的外，又使讀者知道他輕視上述的規則，而在同一時間思想三個或四個不同的事情；但他的思想互相成就決不能如樂弦震動那樣快。由此方法，一個著作家放下他那不自然的文詞的基礎，而又用那豐滿華麗的語詞來傳達最簡的事體，或用其他同類的巧計來完成他那不自然的文詞。

在這些長文句裡富於插句，好似箱子套箱子，而且充滿起來好似炙鵝塞滿了蘋果，這是實則大概深費記憶，其實這時應當運用了解力與判斷力，爲的是怕它們的靈活力因之眞受了阻礙而衰弱。這類文句給讀者不完全的短句，這時讀者竭力小心收藏於他那記憶中，雖說它們好似一封撕破信件的碎片，後來它們可以被它們有關的其他一半補全而成爲有意義的東西。他是盼望繼續前讀，很少用些思想，不特僅努力於其記憶，而且當他讀到文句之末時，他希望得到它的意義與收集些可思想的東西；當他能了解些東西之前，他是用心記憶來學習許多東西，這是讀者顯然的謬誤和耐心的誤用。

尋常的著作家很明白地嗜好這個風格；因爲在那短時間它使讀者費時與難了解，而且使人看著好似著作家比讀者更聰明與深入。實則這是上面所說的一種巧計，凡庸的著作家不自覺地去努力於掩蔽他們的思想窮乏，可是生出一個相反的現象。由此觀之，他們的伎倆是實則令人驚訝。

置一個思想於他思想之上而互相交錯，好似一個交叉的十字架，這是公然反對那充足的理由。這就是一個著作家爲的是插入些十分不同的材料，把他開始所說的給間斷；如此使讀者直到讀完時，不過記憶一個不完全和無意義的文句。這是很像一個人用空盤敬客；可是希望在盤上出現些東西。標點符號的用處與頁底的註釋和本文的插句三種是作用相同，它們三個不過程度有別。假如底摩賽斯（Demonsthenes，今譯狄摩西尼）和西賽若（Cicero，今譯西塞羅）偶然用插句方法插入文字，他們也是最好不用。

但是這種著作風格對於文句構造並不相宜，當插句勉強插入以致使文句散蔓，這種著作風格成爲愚昧極處。如果擾亂旁人說話，是不通情理，可是亂雜自己文句也是一樣。但是一切惡劣不謹的與急燥的著作家，爲目前飯碗問題而隨意亂塗，用這樣著作風格在一頁上達六次之多，而尙揚揚得意。應當作一個插句的規則與明例。若用它並不是任意偷巧。可是他們這樣作僅自偷懶與愚鈍，他們覺得如此寫作更覺華麗靈活，並且栩栩然有生氣，這種文句很少的時候可以存留。

作文如造屋，動工之先須有計畫，然後細細思索，很少著作家依此方法。許多人作文如同打牌，一半仗著排列陣法，一半仗著時運，他的文句也是如此。他們只有工作的概況與目前的方針。甚至於許多著作家即此亦不知，他們作文如同珊瑚蟲，日積月累以成形，只有上帝能知道他們的意思。

現時人生如怒馬奔馳，所以影響到他們對於文字的關係也是浮泛與不雅。

拉丁文的研究論

拉丁文已廢除而不復爲學者所用的普通語言了；它的廢除和那有關於國家文學之方言國語的萌興，對於歐洲智識方面實屬一個大不幸。因爲藉拉丁文爲言談之媒介的原因，才有一個有學問的公衆在歐洲存在——一個公衆一有了出而問世的書籍則皆憑依和借助。全歐洲有思想者和判斷力者爲數甚少，但是當聽衆被言語的區別給隔開以後，一般富於思想和判斷力的人，其所能作的好事和所能發生的效力，確因此減少了許多，此乃一個大不利，隨之而起的第二個不利，就是古代語言文學將要失傳了！忽略古文古語的情勢在法德兩國都有迅速的進展。

假如實則到了這種地步，人類再見罷！高尚的風趣和高超的思想再見罷！雖然有鐵路、電報和汽球等等的文明象徵，野蠻的世紀要到了。人類要回到野蠻的世紀去，我們終久要失卻古人所有的利益。因爲拉丁文不但是求羅馬古代的智識的祕訣，它也把歐洲各國中世紀和直至一七五〇年的一切概況通盤托出，佈露在我們的面前。例如那第九世紀的依諾季納，第十二世紀的沙里司伯若約翰（John of

Salisbury），第十三世紀的若蒙特路來（Raimond Lully），和其他的名士，所用的語言乃是他們在思想關於學識的事物上自然採用的語言，雖然他們和我們相隔了這樣的久遠，但是他們和我們畢竟是相近的，我們和他們直接地接觸，並且眞實地去認識他們。假如他們中的每一個都用他們當代特殊的語言來講話，那麼，如何去了解他們所說的東西呢？他們所說的話我們連一半也不能懂。同他們有一個智識的接觸是不可能的。我們用目看，或者用繙譯的望遠鏡看他們，如同最遠的平地線上的影子一樣。

培根因爲見到用拉丁文寫作的利益，這才進行去將他的《論文集》（*Essays*）譯成拉丁，命名爲《賽孟斯費多斯》（*Sermons Fideles*）；霍布斯（Hobbes）助他成此功。

我們可以用註釋的方法去觀察，當愛國心想侵入智識的領土中，它就犯了不能容之怒的經過。因爲論到人人都注意的人類的問題，其中眞理、識見、美麗極關緊要，尙有不通情理的惡勢力使一個尊重他的寶貴生命所歸依的國家發生國家觀念，而且還影響了判斷的平衡，供給一種謬理作爲違犯眞理和排斥外國的大思想家且以爲培養本國的小思想家的理由。在歐洲各國仍然有抱這種粗俗感覺的著作家，這種情形使若爾提（Yriarte）在他作的《文學寓言》（*Literaty Fables*）的三十三篇裡用諷畫來刺激他們。

學習一種語言，主要的困難就在明瞭它所表現出來的各種意思，雖然時時發現它所用的字在國語裡沒有和它們的意義相同的。至於學習一種新的語言，一個人好像是必須在他的腦海裡畫出意見新範圍的邊界，以表示這些意見的新範圍發生，其結果是在從來沒有任何意見的範圍發生過的地方。所以他不但學習字詞，而且還得到了意見。

至於習古代的語言文字，這種情形尤其明確，它們的表現法同近世語言文字中的表現法比較起來，它們的差別比較近世各種的語言文字中的表現法的差別還大，繙譯拉丁文時，必須將原文的句法改變，這種事實證明了以上所提到的情形。我們繙譯的思想必須經過鎔解和重鑄，換言之，必須經過一番的分析和重新的組合。古代的語言文字的研究，對於心智的教育供給了許多供獻的方法。

由此觀之，一個人的思想按照他所用的語言變化。當他研究一種新的語言文字的時候，他的意見受了一番新的變更，一個不同的色彩。所以通曉許多種語言文字，不但是有間接的利益，而且還是心智文化上直接的工具，又可藉著它們的性質和意義的不同，以改正意見的謬誤和幫助意見的成熟，並且增加思想的巧妙；因爲在進行學習許多種的語言文字的時候，意見愈來愈不依賴文字了，在這方面，古代的語言文字所發生的影響和近代的語言文字所發生的影響比較起來大有天淵之別，只因爲我所暗示的古今文言的差別罷了。

由我以上所說的話看起來，古代的語言文字在結構的美善上，比近代的高妙得多，用國語模仿古人的筆法，是預備把思想靈巧地表現出來的一條最好的路，這是明顯的。不但如此，假如一個人要成一個偉大的作家，他不能不走這條道，正如同雕刻繪畫，學者必須先模仿古代的傑作，然後再去雕刻寫生。一個人因爲習用拉丁文的原故，纔能把用字法看作一種藝術。此種藝術的材料就是語言文字，我們應當精細和審愼地去運用它。

經過這一番研究，作家將很留意字的價值和意義，以及它們的次序關係與文法的格式。他就可以準確地估量它們，並且成爲使用這種寶貴工具的專家，這種工具不但能表現有價值的思想，而且還能保存它。再進一步他將要漸漸地尊重他所寫出來的文字，所以他可以免去再獨斷反覆無常地改造它，不經過這種訓練，一個人的著作，也就要墮落到成了空談爲止。

完全不知拉丁文，如同在一個雲霧朦朧的日子而涉身在一個幽雅的境界中。地平線的範圍很有限。除了離著十分近的東西，什麼東西都看不見；幾步外，則一切東西都被埋沒在陰暗裡面。但是研究拉丁語者，當眼光遠大，博古通今；假如他學了希臘語或者梵語，他的心智的範圍將更要擴大了。

假如一個人不知道拉丁文，雖然他是一個電機的專家，並且有坩堝裡面的氫弗酸的鹽基，他也不過是一個俗人罷了。

讀古代的名著是休養腦力最好的方法。你拿起一本古書來念它半點鐘，你就要覺著你的精神恢復，胸襟舒暢，心地滌清，思想高超，正如同你拿清泉水來解酷渴一般。是不是古代的語言文字同它的完善表現法，或作家思想偉大以致結果使他們的作品經過一千年後仍然久存不衰？或者是爲這兩種原因。但是我相信如此，假如恫嚇災難或反動來到，古代語言文家無人教授，一種新文學興起，這種文學是淺薄、粗野、毫無價值，而且爲以前所未經見過。

學者論

當一個人注目到爲教育而設立的機關的數目與類別和教師學者的衆多，他當然以爲人類對於眞理和智慧非常關心；不過這種現象是欺人的。教師教書爲的是錢，他們所追求的不是智慧，乃是學士的外貌和虛名；學者求學之意不在學問。而在浮誇闊論的才能和碩士大儒的氣概。每三十年新人出世，一個後生無所知，恨不能把人類數千年來所積留的學識產物或結果迅速地統盤吸收了去，希圖使旁人以爲他比前人聰明些。他就爲了這個目的去入大學，誦讀迎合他的時代和他的身分的新書。他所讀的書必須是簡略明晰，而且尤須是新穎的！他自己也是新的。於是他就開始努力批評短長了。我現在所談到的學問是與專爲謀生的學問毫不相涉。

各時代和各類的學子全都寧願把書本裡的智識報告，作爲求學的目標，而不把學問和識見看作求識的目的。他們自伐其能，任意吹噓，自以爲無所不知，無事不曉，岩石、植物、戰爭、實驗，諸事和世上所有的書籍，他們全都明瞭。他們永沒有想到報告乃是一種求識見的工具或方法，它的本身毫無價値。當我聽到這等求學的特徵和他們的博學，我時常對我自己說：「他們所要想的何其少，他們所能讀的何其多！」長波來耐（the elder Pliny，今譯老普林尼）報告他讀書不息，吃飯時讀書，在路上讀書，在浴時亦讀書，當我得著這種報告，我心中不由得發生了問題，我不知道這個人是不是如此缺乏自己的思想，以致必須把外來的思想不住地貫輸到他裡面，好像一個消耗的病人，用果子醬維持他的生命。他的不加識辨的輕信和不求了解而不表現抗拒的風格——就像一個人筆記而非常捨不得用紙——全不能使我以爲他有獨出思想的才能。

我們已經看到多讀多學對於一個人的思想是有害的；寫作與教授多了也是如此，一個人因爲這個原故，在他所知道與了解的事物上失去澈底了解的習慣，只因爲沒有時間去求清楚和透徹了。當他發表他的學識的時候，他未能澈底了解它，難以清楚地傳達出來，他不得不用辭藻把所有的缺乏彌補起來。許多書念起來毫無意味，就是因爲是用這種作法作成的。它們的題目和材料並不是乾枯乏味的，常言說得好：「好廚子能把一隻舊鞋作成一盤好菜；好作家能把極乾枯的東西說得津津有味。」

大多數有學問的人以為智識是一種工具，並不是目的，這就是他們不能作出偉大的作品的理由，因為要有作品就要把學問或智識當作所追求的目的，把所有其他的東西，甚至於把永久存在的東西，當作工具。由此看來，大抵每個東西全有人追求，求之不得，也就「雖不中不遠矣」了；確實存在的東西，不論在什麼範圍之內，只要有一種工作成了工作的目的，都能夠得著，不再為工作的工具了。

大抵不為自己而求智識的人和以智識為求學之目標而不注意旁人的智識的人，沒有一個能作成偉大的事業和想出新穎的思想。普通的學者研究學問為的是能夠著作和教授，他的頭腦好像是失去消化作用的腸胃，不能把食物消化了。這就是他的著作和教授的東西無價值的原因。因為人不能把不消化的廢物作為滋養料，必須把血中吸取出來的乳汁作為營養的要素。（註——食物消化後變為血，血中有乳精，人賴之以生存。）

假髮是學者一個合適的象徵，它用豐滿的美髮裝飾缺少頭髮的頭；正如同博學的意思。就是把一大塊外來的思想貫輸到缺乏思想的人的腦中，這些裝飾品並不很少，也不是自然的，既不是時時有用的，也不是處處合宜的；外來的思想用完了後，它的來源也就同歸於盡了，不以本身的思想可以自由地運用，取之不盡，用之不竭。司托痕（Sterne，今譯斯特恩）在他的《特里斯特蘭．桑台》（*Tristram Shandy*，今譯《項狄傳》）一本著作中曾鄭重地說道：「**一兩重的本人的思想比一噸重的旁人的思想，價值還要高。**」

按事實說，深奧的博學和天才不相類似，正好像枯槁的植物和那自然生長永久新鮮而變化無窮的草木大不相同。古代作家的直爽與評註家的學識眞有冰炭不同爐的情勢，世上相反的東西沒有再甚於他們兩個了。

有些人因爲嗜愛一種藝術或學問，專心去追求它，他們反被那希望得錢財而去研究文藝的人論爲愛藝術而不精者，眞個欺人太甚，豈有此理！這種輕蔑的發生，就是由於他們的卑鄙的信仰，因爲他們相信一個人不受需要、飢寒、貪心的刺激，絕不會誠心靜意地去研究一種學識。大家也是如此想；所以全都尊敬業於藝者，而不信任游於藝者，其中的實理就是業於藝者以學識爲目的，游於藝者以學識爲工具。一個游於藝者誠心研究他所愛好的事物，因爲有興趣而研究，並沒有其他用意，偉大的作品從這般人裡發生，而不出於傭人之手。

在文學的共和國和在其他的共和國，總是平庸老實的人受讚許，靜默地走他的路，並不作出比旁人高明的樣子來。奇才異人恆被人看作可怕的禍害，衆人聯合起來反對他，反對他的人並且愈聚愈多，哀哉！

這種共和國的情形同美洲一個小國的情形十分相似，在這個國裡人人自私自利，沽名釣譽，爭權奪利，對於大衆的幸福漠不關心。文學的共和國亦是如此，一個人的進取爲的是得名譽，並沒有一點公衆的念頭，大衆合作的事就是埋沒人才，一個人要想出風頭，他就成了衆矢之的。由此可知人類裡的學識如何了。

教授與獨立的學者之間，古來就有衝突發生，彼此相抗，很似狼狗之間所發生的衝突。教授因爲他的地位的關係，易於使人聞名。獨立的學者，按照他的地位易於名傳後代；凡人要爲留名起見，必須得有相當的天賦和暇時來從事於這種工作。學者教授並駕齊驅，因爲人類經過很長的時間方才能甄別優劣，在優上面注意。

我們可以說居於教授的地位的人簡直是在廄中得食，最好和反芻的動物同居，依自然爲生的人最好在空地裡度日。

人間學問的全體或它的支派的大部分，全都存留在紙上，我的意思就是說人類記在紙上的事都存留在書籍裡。只有一小部分在各人心中活動。這種現象大抵由於生命短促和無恆的原故；亦有時因爲人類懶惰躭於逸樂的原由。每一世代，轉瞬即逝，在這短促的時期，這個時代的人只得到他們那淺薄的知識。又一新世代世的後生們雄心勃勃，希望無窮，可惜庸愚無能，事事全要從頭學起。他們在這短的路程裡，亦不過僅僅領悟他們所能理解的事物，或者能看出他們有用，這個世代也就過去了。假如沒有文字筆記和印刷，人類的學識不知要墮落到什麼地步呢！他們使藏書樓成爲收藏人事記載的地方，但是各人事項的記載很少而且不完全，因此大多數的學者不願意使人察考他們的學識，與商人不願意曝露他們的書的情形是一樣。

人類的學識向各方面伸張得很遠，我們的眼光看不到，至於確實值得知道的學識，它的其中的千分之一也沒有人通曉。

學問的門類已經增加了許多，擴充了不少，一個人要有些作爲，必須專攻一門，不顧其他門類。在他所研究的一門學問裡自然地比俗子高明，但是他亦不過屬於這門學問而已，除此以外他與俗人亦是一樣。我們愈來愈忽略古代的語言文字，在人類的普通教育裡已無立足之點——因爲一片破碎的希臘和拉丁文字毫無用處——我們嘗見學者在他所研究的學問之外，露出了實在愚鈍的昏庸。

這樣的一個專家也不過等於一個工場裡的工人，把一生的工夫全都用在製造鏍釘鈎柄上面，在這種工藝上他實在得有出人意料的巧技。一個專家就像一個不出門的人在他的家裡，他無處不熟悉，和囂俄（Victor Hugo，今譯雨果）的《鐘樓怪人》（*Nôtre Dame*）裡面的怪人，恰恰相同，他只知有教堂裡面，教堂以外的事他便茫然不曉。

一個人從事於人間的眞文化，必須要多才多藝，尤其是要放大眼光，如果他要作一個有高尙的學識的人，必須熟識歷史，博古通今。如果他要作一個哲學家，必須蒐集人類求學識的最遠的目的記在心裡，否則這種目的能在何處聚集呢？

第一等的思想家們絕不會是些個專家。因爲他們的天性使他們把永久存在的東西作爲他們所研究的問題，他們每人都在這個題目上下切實工夫，用某種格式把它表現出來，貢獻給人類一個新的啓示。以完整主要普遍的東西作爲他的工作的本意的人，方可稱得起才子；用一生的精力去解釋物與物的特別關係的人，不能承受才子的名稱。

自己思想論

一個圖書館可以很大；但是假如秩序不整，還不如一個小而有秩序的圖書館有用。同理，一個人可以有很多的智識，假如他自己未有把它們想一過，還不如那少許經過一番思索的智識有價值。當一個人從各方面觀察他所得的智識，並且把他所知的事情用一事實與其他事實比較的方法合在一齊，於是他就得到窺全豹，並且把它放在他的掌握中。一個人不能夠反覆思想一件事物，除非是他知道它；所以他要學點東西，當他反覆思慮過他所學來的東西，他才能夠說他了解它。

讀書與學習是任人隨意自由作的；但是**思想**便不如是。思想如同火，必須被風激動而後能夠照耀；它一定要爲關於目前的事的興趣所保留。這種興趣可以純粹是客觀的，或者是完全是主觀的。主觀的興趣只是在與我們個人有關係的事物上發生。客觀的興趣只限於思想自然的人；對於他們思想如同呼吸一樣的自然。他們是罕少的。這個是大多數有學問的人表現出很少的客觀的興趣。

自己思想與讀書的效果很不同，甚至於使人不相信。這種情形進行並且使兩種腦力的根本不同，越發加甚；一種腦力是引人思想，其他一種是引人讀書。我的意思就是讀書使外面的思想印在腦內，當時外面的思想與性情趨勢不同，如同印與蓋有印跡的蠟性質不同一樣。思想完全受了外面的迫脅，它是被迫而想這事和那事，雖然當時它是絕無一點思想那件東西事物的傾向。

但是當一個人爲自己思想，他隨從他的心意的衝動，這衝動在那時被他的環境或特別的回想所決定。一個人的四圍所能看見的世界，如同念書並不能把一個明定的思想印在他的腦上，只是供給材料同原因，這些材料同原因可以引導他想宜於他的天性和現時的脾氣的東西。如此讀書多了，使腦筋失去所有的伸縮力，如同一個彈簧繼續著受迫力的壓迫。要是一個人沒有思想，最安穩的方法就是只要在他無事作的時候拿起一本書來念，這種實習說明出那博學使大多數人比他們天生來還更愚魯，並且是阻礙他們作品的成功的原因。在波布（Pope）的《吞西德》（*Dunciad*）裡面說：「**我們要是永遠念人家的作品，那就永遠不會使人家念我們的作品。**」

有學問的人就是念書內篇幅的人。思想家與才子就是直接在自然的書裡下功夫的人；他們是啓發世人的愚昧而使人類進化的人。

假如一個人的思想含有眞理同生氣，那思想一定是他自己的主要思想；因爲這些是他能夠充分和完全了解的思想。要是採用一個人的思想，如同拿我們未曾被邀入的席筵的殘餘，或穿上我們不知道的客人放在一邊的衣裳一樣。

我們由讀書所得的思想與我們本身所生的思想的關係，和石上的上古植物與春天發芽的植物的關係一樣。

讀書不過是代替一個人的思想的方法。這意思是把腦力放在繩索之內。圖書萬卷只能夠表現出有好多的錯誤途徑呀！並且假如一個人不論走哪一條，他將要入迷途太遠。但是受他自己的天賦領導的人，自己思想的人，思想自如和準確的人，向前有進行的指南針。當一個人思想停滯的時候，他才應當讀書，大思想家也時常發生思想停滯的毛病。另一方面言，要是一個人拿起一本書來念，他的目的在乎嚇走了他自己的本來思想，這是反對上帝。這如同離去自然的宇宙到博物院裡去看乾了的植物和銅板上的風景。

一個人費了很大的事和許多的時間去自己思想和積累思想，或者可以發現些眞理和智慧；有時他也可以藉讀書不須費事得些眞理和智慧。雖然如此，假如他因爲自己思想纔得到眞理和智慧，則比他由讀書而得來的眞理和智慧勝強百倍。因爲當我們如此得來智識，這種智識如同一個有生氣的分子到了我們的思想的組織裡；它與我們所知道的東西有密切的關係；它是帶著我們的思想的變化色彩與眾不同的地方；它發生得正是時候，好像是我們覺著需要它發生一樣；它是很穩固的，並且不能忘卻。這可完全應用歌德的忠告解釋，他的忠告是「我們自己掙來的產業，才是我們實有的產業。」

Was du ererbt von deinen Vätern hast, Erwirb es, um es zu besitzen.

自己思想的人造成他自己的意見，當他要使他對於它們和他自己的信仰堅固的時候，他再學習名著來證實它們。書籍哲學家則始於泰斗，他念旁人作的書，蒐集意見，把它們治成一爐，所造成的東西，如同我們按著人或禽獸的形狀造的自動機械一樣，不過沒血同肉罷了。反之，一個人由自己思想而作出來的作品，好像一個上帝造的活人一樣，這個作品的產生與人相同，思想從外面受孕，然後生子。

學來的眞理，如同人造的四肢、假牙、蠟造的鼻子；最好像一個用人肉作的鼻子，當它貼在我們的臉上，也就黏在上面了。但是，由自己思想得來眞理，如同生來的四肢，實則是屬於我們的。這就是思想家與空有學問的人根本不同的地方。一個自己思想者的智力上的藝術，好像一幅好的油畫，光線與色度全對，其中含有韻味，色彩配置適宜，實則是有生氣。在那一方面，一個空有學問的人的智力上的藝術，像一個人的調色板，盛滿了各種顏色，整個的很有秩序，但是缺乏調和關係和意義。

讀書是用旁人的頭腦來思想，並不是用自己頭腦來思想。用自己頭腦來思想，永遠是志在啓發一個連貫的系統，雖然嚴格地說起來，它不是一個完全的體系；它也是一個系統，繼續讀書，組織它宜於和旁的思想交通的力量，其大無比。這些思想從不同的思想家的腦中發生，書與不同的系統沾染了不同的色彩，永遠不會匯合在一處，成爲一個智力的體系；它們永遠不會成爲智力的、智識的或者信仰的統一；但是使腦筋充滿了雜亂的議論，與巴比崙言語的混雜一樣的紊亂。腦筋裝載外人的思想過多，以致失卻清楚的識見，並且如此的紛亂。這種情形，可以在許多有學問的人裡面見到；這種情形，使他們在健全的感覺與正確的判斷和適用的靈活上還不及未念書的人；這種不學的人，藉著經驗與旁人的來往和少許的誦讀，從外面得著一點智識，它們永遠使它附屬於他們自己的思想，使它與他們自己的思想合爲一體。

實則以科學方法**思想的人**與這些不學的人一樣的作，不過範圍廣大一點。雖然，他需要許多的智識，所以他必須念許多書，他的腦力無論如何是能夠掌理它們，使它們同化和歸併到他的思想系統裡面去，所以使之適宜於他的識見的有機體的統一組織。如此他自己的思想，如同一個風琴裡面的低音，永遠是勝過一切，永遠不會被旁的音調壓沒。腦筋充滿了古代的學問和智識，如同樂鍵的音片，彼此混雜起來，所發出來的聲音，連基本的音都聽不出來了。

有一般一生讀書的人，他們的智識是由書本得來的，他們如同其他的一般人，這般人是由許多旅行者的關於某地的誌記和講解得到關於該處的準確智識。這種人能夠說許多該處的情景，但是他們沒有關於該處眞實情形的連貫的、明瞭的和深奧的智識。但是一生思想的人與旅行者的本身相同，他們實則知道他們所談論的東西，他們知道事體的眞象，並且是很內行的。

思想者所占的地位，與普通書籍哲學家所居的地位的關係，如同眼見的人與歷史家的關係一樣；思想者發言完全出自他自己的智識。這就是自己思想的人終歸是達到很相同的決定。他們所表現出來的不同點，是由於他們的見解不同，並且當在那與大體無關的事情上，他們全是說一樣話。他們只發表他們的客觀的見解的結果。在我作品裡邊有許多段落，它們含有似是而非的性質，因此我經了一番猶豫，才把它們供獻給大家；後來當我在很多年前的偉人的作品裡發現了同我的一樣的意見，我感受了驚駭。

書籍哲學家，只報告一個人所說的話，以及其他一個人的意思，或者第三人發表的駁論等等。他比較不同的意見、靜默的思想和批評，並且要想得著這事的眞理；如此他們與批評的歷史家相匹。按事實說，他要開始詢問力布尼司（Leibnitz，今譯萊布尼茲）是不是曾經作過司賓諾撒的門徒，同其他一類的問題。關於這類事體爲奇怪的學者，可以在海百特（Herbart，今譯赫爾巴特）的《道德與自然的權力分析的說明》（*Analytical Elucidation of Morality and Natural Right*）裡與《自由書翰》（*Letters on Freedom*）裡發現我意思裡明顯的實例。書籍哲學家要把他自己陷於困惱中，或者在表面上，假如他只要把這事自己察考一遍，用一點思想，他就很快地達到他的目的。可是他不這樣作。我們也許覺得他的舉動奇怪，但是有一點難處，這個困難與他意志無關。一個人永遠能夠坐下念書，但是不能夠——思想。人是如此，思想也是如此；我們不能夠隨意招集它們，必須等它們自己來，關於一個題目的思想，必須藉著外面的激動與心智的氣質快樂同和諧的結合，自己就會發現；這好像是永遠不會臨到這般人的頭上。

我們可以藉著與我們本身有利害關係的事來表明眞理。當我們必須解決這類事的時候，我們不論在何時，也不能安穩地坐下，並且思想這個事情的爭點或理論，而下一決定；因爲假如我們要想這樣作，我們總發現我們在那時候不能夠專注於這個問題，我們的腦筋飄到旁的事情上去。厭惡目下的事情，有時候是不對的，在這種情形之下，我們不應當用力去解決，但是要等待心意的適合自己發現。它時常突然發現，並且屢次的反覆的出現；並且氣質的變化，使這事新奇。這種長的方法，可以名爲**成熟的解決**；因爲達到解決地步的工作，一定要分配，在進行分配的時候，在這時候許多東西被忽略了，在其他一個時候，它們發現於我們的目前，當我們所厭惡的事情精細地考查一遍，我們對於它們的厭惡心無形消滅；因爲它們似乎是很壞，但是它們並不是這樣壞。

這條規矩用於智力的生活，與用於實用的事情一樣。一個人要等到合宜的時間，就是最偉大的思想家也不能夠什麼時候都思想。所以一個大思想家用他閒暇的時候讀書，讀書像我說過的是一種代替思想的東西；因爲它使旁人思想，並且把人家想出來的材料貫輸他腦筋去，雖然常常我們作這事所用的方法與我們自己的方法不同。所以一個人不應讀書太多，爲的是使他的腦筋不致習於這種代替東西，因此忘了物的本體，於是他可以不造成走已經走壞了的路的習慣，因爲也不取道於未行過的路的緣故，以致對於他自己成了生人。一個人不應當只爲讀書的原故，不去觀察眞實的世界，因爲是從眞實的世界裡發出激動一個人自己的思想的衝動力和氣質，比較從讀書裡面發出來的多得多。一個人在他的眼前所見到的眞實的生活是思想的自然題目，眞實的生活最容易引起思想意念和影響思想意念。

經過這些考慮，我們可以看出一個自己思想的人與一個書籍哲學家的區別，只要我們把他談話的方法、他的熱誠同他的思想和詞句裡面的新穎坦白和其他美點以及他個人的信心作爲標準罷了，這也不足爲奇。書籍哲學家所有的東西完全是陳腐的，他的意見如同一個家具店裡從各處收集來的破舊家具同廢物。他心裡面是糊塗的，並且是遲鈍的——一個原稿的摹鈔本。它的風格是用俗話同常用的名詞積累而成的，在這方面，他好像一個小國，國內所用的錢全是外國的，因爲它自己沒有貨幣。經驗與讀書相同，只能夠供給一點思想，它對於思想的關係，和消化對於飲食的關係一樣。經驗自以爲世界進化全由它的發明，如同口以爲維持身體健康全是它自己的功勞。

實在有作爲的思想家的作品，有決定同明確的性質，這就是說它們是清楚的，沒有一點矛盾地方，因此它們與衆不同。一個實在有作爲的思想家永遠能夠把他所要表達的思想確切和清楚地表現出來，不論他用散文或詩或音樂作爲表現傳達意思的媒介。旁的思想家是不堅決的，並且因此我們可以知道他們到是何等的人物。

頭等思想家的特殊象徵，就是能夠判事敏捷。他所發出來的東西，全是他自己思想的結果；他發表他的思想的方法使這個事實在各處全明顯。這樣的一個思想家如同一個王爵。在他的理智境界之內，他的權勢是至大的；次一等思想家的權勢也不過是被委託的，在他們的風格上可以看出來那上面未有獨立的印記。

凡自己實在思想的人像一個國王一樣，他的地位至尊，而且還不是委任的，他的判斷如同聖旨，始於他的權威，出自他的本身。他承認考據，如同國王承認命令；除了他認可的事物外，其餘的事物他概不贊助。思想凡庸的人在流行的意見考據成見之下工作，與一般靜默地遵守法律和接收上面發下的命令的人相同。

那些很熱誠的引經據典以解決爭執的問題的人，好引用他人的智識和識見，作爲他們自己的智識和識見，藉以補充他們的缺欠。這類的人車載斗量不可膠數。西尼加（Seneca）說：「不願有所信仰而願運用判斷力的人，可以說是絕無僅有。——unusquisque mavult credere quam judicare.」一般人在他們有爭論的候，妄用典故，亂引考據，作爲他們辯駁的兵器，彼此攻擊。如一個旁人偶然被捲入漩渦，他最好不把理性和理由作爲他的屏障；因爲他們一遇著這種兵器，就好像《斬龍遇仙記》（今譯為《尼伯龍根之歌》）裡面的西佛若茲（Siegfrieds，今譯齊格菲）帶著角質的皮，浸沉在狂瀾裡面去，以尋思想和判斷。他們將要提出他們的考據，以爲應付他的攻擊，於是大聲呼喊出他們打了勝仗。

在這實在的世界裡，就是它永遠不美和不合宜，我們受引力律的支配，我們必須不斷地克制這種吸力，但是在這理智的世界裡，我們是羽化的靈魂，不受任何法律的拘束，不感受任何的缺乏和痛苦。就是在榮華的時候，人間的快樂也不及思想家在理智的世界上所尋得的快樂。

思想出現如同我們所愛的婦人來到我們的面前；我們幻想我們永不忘這個思想，或者不和我們的愛人冷淡。但是全不在我們的心裡和眼界之內；我們如果不把最好的思想寫下來，它們就有被忘之虞，假如我們不同我們的愛人結婚，她就有被棄的危險了。

有許多思想對於思想出它們的人，以爲它們對於人類是有價值；但是只是其中的幾個有惹人注意招人反應的能力——我的意思是說這些思想被錄下之後，其中只有幾個能得讀者的同情心。

但是我們不要忘記一個人爲**自己思想**所想出來的東西，確附眞正的價值。思想家分爲兩類：有爲自己思想的，有爲旁人思想的；前者是純粹獨立表意的思想家；他們實在思想，並且還是實在獨立表意；

他們是眞實的**哲學家**；他們人生的快活和樂趣，全在思想。後一類是**詭辯家**（sophists）；他們假冒以感人；他們只希望得人間的幸福，毫無誠意。一個人屬哪一類呢，我們可以由他的風格和舉動的全部裡看出。立呑百若（Lichtenberg）是前一類的模範，哈特耳（Herder，今譯赫德）是當然屬於後一類的模範。

當一個人考慮**人生問題**對於我們到底是如何廣闊同如何貼切——我們茫茫糾纏轉瞬即逝及宛如夢幻的人生——太廣闊和太貼切了，甚至當一個人發表這個問題，他就把旁的問題和目標都遮蔽了；並且當一個人看到除了極少數的人以外，世人如何不明瞭的覺悟這個問題，不覺它的發現，但是忙各種的事物，而只同它不同在，並且生在世上，只想往日和他們的短促的來日，或公然把這個問題拋棄，或採取些合乎衆人的心理的形上學的法式和系統，使它承他們的心意；當我說一個人把這個放在心裡，他就發生「人只可以極勉強地稱爲**思想的生物**」的意見，並且從此不覺人類的愚昧無知的性格爲奇；但是他知道普通人的智力的眼界確遠過野獸的智力的眼界，獸的生存好像只是現在的，未有過去或未來的意思，但是人的智力眼界決不似普通估度的那樣無邊無涯的廣大。

按事實說，這個可用許多人交談的法式來證實；他們的思想破碎，如同廢物或渣滓一樣，他們要想作一個長的演說或談論是不成的。

假如在世界上住了那眞正有思想的生物，各種駭人而無目的的聲音絕不會不受嚴格的限制。假如造化有意使人們思想，她要不給他們耳，或者無論如何她要給他們不透氣的羽翼，如同蝙蝠所有的。但是老實說，人也是可憐的動物，與其他動物一樣，並且用他的力量維持他競爭在世上存在；所以他永遠要使他的耳張開，也好日夜報告追逐者前來。

文學的幾種體裁論

戲劇是人生最完美的映象，在戲劇題目的表現法共有三層，每層都有殊異的結構和範圍與它符合相應。

第一層是最普通的一層，戲劇不只是**趣味**而已。戲劇家有些志向目的和我們相似，他們藉著追求他們的目的引起我們注意；戲劇中一切動作的進行全賴陰謀詭策；戲劇的進行全借助於角色穿插、詼諧笑罵來潤飾全劇。

第二層戲劇是**感情的**。它能使我們對於劇中的主角發生同情心，而且間接地和我們自己表同情。一切的動作都是溫柔哀苦動人心情的，但是結尾確平靜圓滿。

第三層戲劇達到極點，這層很難作到。戲劇意向**悲哀**。它把人生的苦難風波和所受的壓迫全都表現在我們的目前；它的結果就是表明人類的奮力是空虛無益的。我們大受感動，我們或直接地羈脫世上的競爭，或暗表同情在心中發生同樣的感想。

有人說開端總是困難的。在戲劇裡卻恰恰相反，艱難的地方總是在戲劇的結尾。這個理論可用很多的戲劇來證明，許多戲劇的前一兩幕甚是可觀，漸漸就有些紊亂——當到第四幕，錯雜不清的情形已經公然明白地顯露出來——到了結尾的時候，結局不圓滿，或者觀衆預先早已見到了。有時候一齣戲的結局可惡，如同萊新的《衣米夏戈洛提司》（*Emilia Galotti*）結局不佳，使觀衆不歡而散，負氣回家。

一齣結尾的難處，一半是混亂事物易，而清理雜事難；一半是因爲戲劇的起始如同一張白紙，戲劇家可以任意寫作，但是到了結尾的地方，就有許多條件出來約束他。我們需要一個極快樂的結局或者一個極悲苦的結局；因爲人事不走極端，不能這樣容易定奪，所以我們希望它一定要是自然的，是合宜的，是自如而且是沒有人預先看得到的。

這些關於層次的評論亦可用在敘事詩和長篇小說上；戲劇的性質是簡約堅密的，劇中繁難的地方顯而易見，困難愈增加，難處愈明顯。

虛中無物乃是美術中的箴言。一個美術家要畫一個歷史上的人物，他必須用生人作模特兒，把他的形狀描寫下來，作爲底稿，然後再在美麗和表情的狀態上著手進行，俾得成爲理想化的人物。我想好的小說家亦採取同樣的方法。至於描寫一個角色。他們先取材於他們所認識的人，然後把他們理性化了，以適合著者的本意。

在一篇小說裡，描寫人生內部眞情的地方愈多，描寫人生外表虛象的地方愈少，它的價値愈高，這篇小說愈是高貴的；所以我們判斷小說的優劣，以其中描寫人生內外兩部的比例爲標準，不論是何種的小說，由《特里斯特蘭．桑台》（*Tristram Shandy*）以至於最動人情性的武士和綠林的故事，全可依這種標準來判斷。《特里斯特蘭．桑台》裡面，可與說沒有動作，《新挨羅以斯》（*La Nouvelle Héloïse*）和《威廉廂斯特》（*Wilhelm Meister*）裡的動作亦不多。就是《吉訶德先生》（*Don Quixote*）裡的動作比較起來亦是寥寥無幾，而且還是無關緊要，不過是爲諧謔而已。這四篇小說是世上所有小說的最佳者。

我們再作深一層的考量，仁保爾的驚人的小說，其中的材料大都是想像和虛擬的人類，實際上的生活包含得很少，然而表白出許多人生內部的眞理。瓦爾特司哈提（Walter Scott，今譯斯考特）的故武士小說裡人生內部的眞象，仍然是比外部的虛象占勢力，他的小說穿插全都是表現思想和情緒的工具，在他壞小說裡的穿插全都並不含作用，只是些細事和動作而已。小說家的靈巧，全在不費安排情勢之勞，面能使人生的內部的眞象發動；因爲人生內部的眞象，確實能引起我們的興趣。

小說家的任務並不是敘述大事，乃是把小事弄得有了趣味。

歷史和詩正相悖，歷史涉及時間，地理涉及空間，歷史並不論世上普遍的眞理實情，只論些特殊的細事小節。有些人願得一種學問，而不願意在這門學問裡下功夫，因爲它太耗費他們的心思才力，這種人纔愛研究歷史，而且把它當作心愛的科目。在我們的時代，歷史成了受人寵愛的事業；現在關於歷史的書籍很多，這就是一個證據。

讀者要同我抱一種觀念，歷史的材料只是些個相同的事反覆湊合，如同一個萬花鏡，其中只有些相同的小玻璃塊，不過它們的集合法不同罷了。他不能享受這種興趣。但是他亦不去咎責它，現時有許多人要求把歷史看作哲學的一部分，或者看作哲學而且還使它占據了哲學的地位。

各時代酷愛歷史的人，總是居多數，我們可以用社會中的通常輿論來表明這個理論。社會的常談包含著敘事，一個人敘述一件事；旁的人又敘述了一件旁的事；每人全可以引起旁人的注意。歷史使人腦中充滿了特殊的事項。科學和有價值的言談都能提高人的理解力，使它去考慮普遍的眞理和實情。

這種異議並未剝脫歷史的價值。因爲人的生命很短，轉瞬即逝，而且人類的忘性好像一個大妖怪，它永久張著大嘴把千萬人和他們所作的事件一併吞入。從塵世的淪沒裡救出些來，眞是一件應得酬謝的工作——這個工作就是記憶有趣味和重要的事件，或者某時代的重要人物同現象。

從其他一方面看來，我們把歷史看作動物學的續篇；因爲禽獸的種類很容易看出來，至於人和人事必須研究方可明悉；因爲人人殊異，每人都有他的個性。人和事不可計數，而且還是無盡無休，所以歷史附帶著這種缺點。至於眞正的科學，總有一個完全的智識在內。

當我們得著中國和印度的歷史的門徑，其中主要的材料茫茫無際，這足以顯示出研究這種學問的效果，它迫脅歷史家去觀看科學的目的，使他們看出科學的目的是用一種原理去解釋許多的事情，觀察一個例裡面的法則和綱要，而且把人類的學識用在國家的命脈上；並不是計數事實。

現在有兩種歷史：一種是政治史，一種是文藝史。換言之，一種是意志的歷史，一種是心智的歷史。第一種是憂苦災難，甚至於是恐怖的故事，它是痛苦、爭鬬、詐騙，和駭人的暗殺的記載。第二種是處處宜人沉靜清朗的，好像心智的進行，就是所採取的途徑錯謬，仍然是泰然不亂。它的主要支派就是哲學史。這是它的基礎的音調，該音的音調，在其他種歷史裡可以聽到這些深沉的聲調，指導意見的結合，而意見治理世界。所以哲學鄭重地說起來，是重要，而且還有一種強大的力量，雖然它進行得很慢，但是其勢力不可遏止。由此看來，一個時期的哲學，就是它的歷史的基本原素——低音。

報紙是非原始的，披了歷史的斗篷；把它本身給掩閉了，它恰似鐘表用次等金類所造成的分針或時針，走起來和好針一樣，但是很少的時候走得準確。在報紙上所謂主要的事件，亦不過是往事的回聲和餘響罷了。

吹噓及誇大是新聞學惟一的要素，與鋪張是戲劇藝術的要素意義相同，因爲新聞學的目的就是使小事化大，大事化奇。

所以新聞學家爲驚嚇人者，他們把人們弄得驚惶恐懼，他們這才自以爲得意，寫得好，作得妙，由是看來，他們如同一些犬聽見一點微聲，就狂吠起來。

所以我們留心到這些驚人的宣傳，必須方寸不亂，不可以使它擾亂我們的融會貫通。我們要認識報紙是一個放鏡，有時只是牆上的一個幻影罷了。

筆對於思想與手杖對於走路相類似；但是當你沒有手杖的時候，你走起路來，非常便當。當你沒有筆的時候，你能想得很周到。只是在人漸漸老了的時候，當他走起路來，他喜歡用手杖，而且亦喜歡用他的筆了。

當一個**假設的定理**發生，或立足在我們的腦海中，一個有機體的東西，它吸收那與它同類和與它有益的東西；當外面吸收來的東西與它不和，而且還有害於它的本身，它就把這些物質拋開，如果它被迫容納它們，它也要把它們驅逐殆盡。

一個著作家要使他的作品**萬世不朽**，他一定要有許多超人的美點，雖然無人能完全明悉和賞識它們，各時代總有些人認知與重視它們裡面的一些美點。如此一本書的價值和光榮，可以經許多世紀不變不移，雖說人類的興趣變換無窮。

一個這種著作家，可以使他的生命延長與後人同存，因爲他的身雖死，而他的作品和精神不死，他在世上，找不出一個和他相似的人來，他用他的特性和異點表現出他和旁人顯然不同。他好像一個遊蕩的猶太人，雖然是飄流了幾個世代，後來仍然要居於高貴的地位。假如說這是不對的，那麼，他的思想不與他人的思想同歸於盡而朽滅的理由，可就難以講得通了。

隱喻和**明喻**乃是用一個已知的關係，解釋一個未知的關係，它們都有很大的價值。甚至於瑣碎的明喻如同寓言或比喻，亦不過是用一種關係的單純和顯明的形式，來表明這種關係。意見由明喻發生，因爲意見的發生有一種程序，這種程序就是集合事物的同點，忽略它們異點的一番手續經過。再進一步，智慧，嚴格地說起來，究竟包括領悟事物的關係；當我們把性質不同的事物比一比，和把事物的殊異的情形作一比較，它們的關係可以明確地領悟，只要我知道在一種情形之下有一種關係發生。我對於它有一個**個人的**意見，換言之，我對於它只有直覺的見解；當我在二種情形裡看出一個相同的關係，我對於它就有了一個**普遍的**意見，這才是一個深奧和完全的智識。

既然隱喻與明喻是智識的強大的工具，所以一個作家的明喻用得奇而得當，這就是他底智識高強的匾額。亞里斯多德（Aristotle）也見到對於一個作家最要緊的一事，就是要有運用暗喻的本領，因爲它是天才的表徵，而且是學不來的才能。

論到讀書，如果說一個人應當把他所讀過的書籍全都記在心裡，正如同一個人把他所吃下去的東西全都裝在肚裡。食物有兩種：一種供給肉體的養料，一種供給心智的養料；二種並用，才能使人長成了他現在的樣子。身體只吸收與它有用的材料；人只保存對於他有興味的東西，換言之，就是適合他一生的思想和目的的事物。每人都有一生的志向和目的，當然是無疑的了；但是極少數的人對於不相干的事物發生興趣——客觀的興趣——所以他們讀書而得不著益處，誦習而什麼也記不住。

假如一個人要讀好書，一定要免避壞書，因爲一個人的壽命很短，時間精力有限。

大凡很有用的書籍，全應當一氣讀上兩遍；因爲在讀第二遍的時候，書中諸部分的連絡和關係可以懂得更清楚些；並且念到書的結尾處才能明瞭它的開端。再一半因爲念第一遍和念第二遍的時候，我們的氣性和心向並不是相同的。在細讀第二遍的時候。我們在每段都可以得一個新見解，並且對於全書生一個不同的印象。

買書固然好，但是必須一同將讀它們的時間也買了來；大抵一般人誤爲買了書就得著書中的內容或材料了。

一個人的作品，就是他的心智的神髓，任憑他極大的本能，他的作品總此他的言談高貴得多。以作品裡的主要材料而言，他的作品，能夠完成，就是因爲無私人的與他來往，而且他的作品遠勝他的言談。一個有中等天才的人的作品也是教訓人的，並且值得誦讀，因爲這些作品是他的精髓——他的思想和學問的產物——但是當我們和他談起來，反倒不能使我們滿意了。

我們和作家交遊，覺得毫無意味，但是我們願意讀他們的作品；所以文化到了極高的程度，就要教導我們完全從書中尋娛樂，而不從人群裡尋娛樂了。

批評論

下述批評才能的簡略註語，其大半為的是表明世人未有這種東西。它是一個極罕見的鳥，實則差不多與五百年出來一次的鳳凰一樣罕見。

當我們說到**嗜好**——是一個不恰當的詞語——我們的意思就是說不受規矩的領導，發現或認識**合乎美術**的東西；或者因為是沒有關於此事的規矩，就是有，藝術家同批評家也不知道它。假如不犯無味的重複，我們用**美術的感覺**來代替嗜好這個詞語。

知覺的批評嗜好是和創造天才的本性有女人的特質，如同創造天才有男人的特質一樣。它自己不能**產生**偉大的作品，它只有**接收**的能力，這就是說它有分別善惡美醜的能力；換言之，它能辨別優劣，加以褒貶。

至於賞識一個才子的作品，批評不應涉及它的劣點；並且不應去貶抑它，只應當褒揚它。因為在智力的範圍以內，如同在其他範圍之內，總有虛弱或頑強兩種性格發現，它們是密附在人性中，甚至於最精明的思想家也不能完全把它們撇開。所以甚至於在最偉大的作品內也有大謬，何瑞司說：「就是荷馬（Homer）也有劣點（Quandoque bonus dormitat Homerus.）。」

判斷和分別才子的標準，就是才子能達到，而常人不能達到的高度。如此比較兩個同等的偉人，是一件危險事；例如比較兩個偉大的詩人或音樂家或哲學家或藝術家，難免一時對於其中的一個不公平。因爲作這類比較的時候，批評家看到其中一個的特長，並且立刻發現另一個沒有這種特長，於是他就因此受了這個批評家的貶抑。假如把這種方法倒轉過來，批評家從後一個起首，並且發現他所有的特長是前一個所沒有的，所以結果是他們兩個全受了不當的貶抑。

有些個批評家，他們單獨以爲是上言的兩個作家的優劣全要評定，他們把他們自己游戲的號筒當作了揚名的喇叭。

藥劑大了，反到失了藥性的作用，責難批評過了公平的限度，也是一樣。

對於智力的特長，最不幸的事就是它一定要等待那些只能作出劣等作品的人來贊揚好的時候，最不幸它必須要從人類批評的能力裡得褒賞，這種批評的人的能力，大多數只有點形似，眞實的批評的能力是罕有天賦的。所以拉布瑞耶爾（La Bruyère）的註語雖說是逆耳，但是實在的，他說：「識別的精神，是世界上最稀少的東西，比鑽石珍珠還罕見。」（Après l'esprit de discernement, ce, qu'il y a au monde de plus rare, ce sont les diamans et les perles.）識別的精神！批評的才能！這些東西才是人間缺少的東西，世人不辨眞僞，糠米不分，金銅不辨，或者看不出來隔離才子與常人的界限，所以我們得著一種不好情形，這情形乃是古式詩歌裡面所描寫的東西，與世人偉大的人同一命運，它們必須等亡去以後，人才知道它們。

當無論什麼純正的、高超的作品發現，最大的困難就是壞的作品已經被人當作好的作品，充滿了文壇之上，以致它無立足之地。假如很長時間以後，新來的人藉著奮鬭實在成功，證明它應居的地位而得名譽，它不久就要從假冒愚鈍的倣效者那裡遇見新困難；因爲世人把這個倣效者勉強拉進而擁其上臺，把他放在才子旁邊，他們也看不出這兩個人的區別，以爲他們又有一個新的偉人了。這正是若爾提在他的第二十八寓言的第一行所說的，他說：「愚民和烏合之衆永遠不分好壞。」

Siempre acostumbra hacer el vulgo necio
De lo bueno y lo malo igual aprecio.

所以甚至於莎氏比亞（Shakespeare）的戲曲，在他剛死以後，就把最高的地位讓給本姜生（Ben Jonson）、麥生傑（Massinger）、比由孟特（Beaumont）與費地傑（Fletcher），而它們退避了一百餘年。康德（Kant）的嚴重哲學被費啓特、石林、加各比（Jacobi）、黑智爾的無稽之談所擠去了。甚至於人人所能達到的範圍裡也有無價值的倣效者，這是很快地把大家的注意從無比的瓦爾特司哈提移到他們本身。因爲不論你說什麼，公衆決不會感覺至善至美，所以說他們不知道能在詩哲學同藝術裡面有偉大的供獻，或者其他特別值人注意的作品的人是如何的罕見。那麼應當老實不客氣地使詩或其他範圍裡面的略窺門徑的人們記著，神仙或人或賣書者全都不容恕他們的平庸。亂草阻禾生長，所以它們可以占滿了所有的地方，略窺門徑庸材不是亂草嗎？夭殤和可哀的費啓特司里賓（Feuchtersleben）新奇描寫所發現的情形——世人在偉大工作漸漸成熟的時候，忙亂地大聲疾呼，無有作品，並且偉大作品當出現的時候，在喧嘩中是無聲無臭的，但是它默靜地和憂愁地進行。

至於科學中虛僞的和駁倒的學理仍然堅持生存，表明批評才能的缺乏是可悲的。假如這些荒謬的學理一經接收，它們可以繼續與眞理對抗，至五十年甚至一百年之久，它們與波浪的鐵橋梁一樣的堅固。波圖力米克（Ptolemaic）關於天體的統系的學說在克百尼克司（Copernicus，今譯哥白尼）的學理公布以後，還苟存了一百年。培根、卡加爾，同落克（Locke，今譯洛克）進行得很慢，很長時候以後才成功，讀者看了百科全書笛阿倫百提（d'Alembert）的著名的序就可以知道了。牛頓（Newton）也沒成功；力布尼司在他同克拉克（Clarke）爭吵的時候，嚴厲地和輕視地攻擊牛頓的地心吸力學原理，這個是證明牛頓也沒有成功。假如我們相信富路特爾的牛頓學說的解釋裡面的序，雖然牛頓在《原理》（*Principia*）出版後又活了四十年，但是他的教意，當他死時只能行在英國，英國之外從他的教意的僅有二十餘人。在牛頓死後二十餘年，這個學說能夠在法國盛興，全是實在是因爲富路特爾的論文。法國學校裡禁止研究卡加爾的哲學四十餘年，直到卡加爾的哲學能夠根深蒂固爲止。富路特爾要求印刷牛頓的道理，曾經笛阿金尼修（d'Agnesseau）首相拒絕。在其他一方面，現時牛頓的無理的色理，在歌德的顏色學說出版以後，仍然是占勢力達四十餘年。休木（Hume，今譯休姆）雖然寫作的風格完全迎合人的心理，可是直到他五十歲時才有人過問。康德雖然寫作講述了一生，直到他六十歲時才成了名人。

藝術家同詩人當然比思想家機會多，因爲他們的觀衆最少也比思想家的觀衆多百倍。當比索文（Beethoven，今譯貝多芬）同莫沙特（Mozart，今譯莫札特）活著的時候，世人把他們當作何等人看？但丁（Dante）當作何等人看？甚至於莎氏比亞當作何等人看？假如莎氏比亞的時人已經承認他的價值，應當至少有一個好的同可信的莎氏比亞的像從一個油畫藝術盛名的時代傳到我們的時代，可是我們只得著些個很可疑的肖像、一個壞的銅板同一個更壞的半身像在他的墳上。假如他當初是已經受過相當的尊敬，他的筆跡的樣本將要有許多保存到現在，反來他的筆跡只限於幾個公文上面的簽字。葡萄牙人是仍然以他們僅有的詩人克木恩司（Camoëns）自豪，可是他無以爲生，每日他令他從印度群島帶來的一個黑奴到街市替他收集旁人的施濟物。終久每一個人一定會得著公平的判斷，但是這個公斷下得很慢，與公堂的判斷一樣慢，其中祕密是收受者不能再生存。色若施（Sirach）的兒子忠誠地遵從耶穌的教訓，這教訓如下，「**不要判斷有福的活人。**」產生不朽的作品的人，一定可以把印度的神話引來以自娛，神話是永存人的生命，數分鐘足抵世人的生命數年；再言之，世人的生命數年在永存人的生命也不過數分鐘而已。

缺乏批評的識見，也可以用一種事實把它表現出來，在每一個世紀早先的傑作獨受人尊崇，可是當代傑作被人誤解，時人注意壞作品，把好的留給後世來尊崇。很慢地認識當代眞正功績的人，也證明出他們尊仰素負盛名天才的作品完全是慕名，並非實在明瞭或賞識它們或品評它們的價值。澈底的試驗表明出壞作品——例如費啓特的哲學——假如得著名譽，它也能保持聲名數代，當它的觀衆是很多了，它的失敗也隨之而發現。

太陽只能把它的光線射到看它的人的眼裡，音樂只能入到聽音樂人的耳內，藝術或科學傑作的價值只能夠貫入於能夠品評它的讀者的腦中。只有這種腦力的人有咒語能喚出隱藏在偉大作品內的精靈。對於普通腦力的人，一篇傑作也只是一個關蔽的深密的屋舍——一個不常見的樂器，奏樂者以此奏樂，雖然自己覺得自命不凡，可是他只作出些個雜亂的音調。一個好的油畫，在光亮處和在黑暗處看來，分別是如何的大！偉大的作品的印象也是依著讀者的了解能力而變化。

一個好的作品需要一個能了解它的美點的腦筋；一個有思想的作品需要一個能夠實在思想的腦筋；假如它要存在。但是可嘆事實不如此，時常作家把一個偉大的作品供獻給世界，後來看得他好像一個作燄火的人，費了許多的時間同困苦預備燄火，熱心地把燄火裡面的大觀佈露出來，並且發現他所幻想的觀衆都是盲人收養院裡的瞽者。再一個較好的比方，假如他的觀衆全是造燄火的人，如果他的燄火特別的好，他或者要把他的頭作了出風頭的代價。

假如快樂的根原是同屬的感覺。就是美的知覺，自然是我們屬於動物，動物看著動物好看，再進一層那麼我們人類看著人最好看。至於談話，每人全喜歡與言談相投的人談話。一個愚人覺著愚人的社會比較偉人的團體好得多。每人須在他自己的工作裡尋快樂，因爲它是他自己的意念的反影，他自己思想的回聲；其次他要在與他相似的人的作品裡尋快樂，這就是說一個愚鈍者、淺識者同乖戾的人——空談的人——只是誠心和熱烈地捧愚鈍、淺陋、乖戾的工作或贅言。在他方面說，他只是承認偉大思想家的作品的功績，只因爲他的名望太大，他不敢反對；換言之，因爲他以發表他自己的意見爲恥，其實這種傑作不能給他快樂。它們與他不相近，而且還要排斥他，可是自己還不承認。天才的作品除了一般有享受它們的人以外，決不能受人十分的享用，可是當它們沒有盛名的時候，不用很高腦力的人都能認識它們。

當讀者把這種情形考慮一下，他將要驚奇，並非以偉大的作品得著名譽很慢爲奇，他所驚奇的是偉大的作品能夠得著美滿的名譽。按事實說，自然是名譽傳播的步驟是慢而且複雜的。愚人漸漸地馴服和被迫地承認站在他們上面的人的卓越，這個人又在旁人之下如此進行，所以直到選舉票的重量超過了選舉票的數目，這正是所有的純粹的和應得的名譽的由來。但是等到最大的才子經過困難以後，站在群衆的上面如同一個國王站在他自己的人民中一樣，除非他的大臣隨從他。他的人民不認識他，所以不服從他的命令，因爲沒有小官能夠直接接收皇上的命令，他只認識他上司的簽字，如此一級一級向上推，書吏證明大臣的簽字，大臣證明皇上的簽字。一個才子的名譽發生出來，也要經過這些階級，這就是他的名譽全賴在上的名人向下傳播，在下者再向下傳播，人數愈來愈廣，所以他的名譽不受阻礙了。

我們應當回想大多數人自己不下判斷，只視名人的判斷爲判斷，藉此安慰我們自己。假如一個人未經名家強迫他用適當的方法談論柏拉圖、康德、荷馬、莎氏比亞，同歌德，而他自己用他自己對於這些偉大的作家的意見作爲他的批評，不抄襲那不能懂的名家言談，完全是他所欣賞這些作家的意見，他將要覺著他的批評如何的輕呢？除非這類的事實發現，眞正最高功績將要不能得到名譽了。同時幸而每人都有批評的能力，可以認識旁人比他超越的地方，於是隨從他們，這個意思是許多人終歸服從幾個名家；結果發生批評的判斷團體，名譽所以能夠最後傳播，全賴此團體的力量。

社會內最下等的人毫不明瞭大才的功績，對於這些人一無所留，只留下才子的紀念碑，這個碑給他們一個印象，喚醒他們使他們知道這個人的偉大。

文學刊物應當是一個堤，抵抗這時代不合道理的拙作和無用的書籍永滋泛濫。它們的判斷應當是不腐敗和公平與嚴正；這就是說無才人所作的壞作品，無智的人將要輔助掩飾鄙陋，這樣一切所有書籍十分之九均應不客氣地懲戒。文學刊物應完成它們的責任，這責任是遏止寫作的貪慾，而限制欺騙大家，不要用一種貽害的寬容去扶植這些惡魔的進行，也不可與這些著作家同出版者合作，而剝奪讀者的時間和金錢。

假如有我所說這樣的刊物，每一個壞作家、愚笨編輯者、抄襲旁人書籍者、虛僞哲學家，和自誇與頹唐的作劣詩者均將驚懼於這個刑具情形，以他出版書籍後將難免受此刑具。這使惡劣無用而有害的牽強手腕將無力去著作，這是對於文學有幸福的。現在有許多書籍是壞，不應當出版存留。所以現在褒獎與責難同樣罕少，在個人思慮勢力下應當這樣堅持，這個正合乎「在人群中或不在人群中均不應議論人的長短」的格言。

對於各處充滿的那些愚笨無智的人，社會上盛行寬容，若導入文學上，這是十分錯誤。在文學上這些人是大膽的侵占者；而貶抑劣者就是歸向好者的責任；因爲一個人思想不出壞的東西，也不能思想出好的東西。禮儀在社交關係上有它的根源，在文學上它是一個非本土的原質而且常常有害，因爲它強以壞的著作稱爲好的著作。依此理以行，則科學與文學的眞正目的就損壞了。

這個理想刊物，只有清廉忠實而且具有過人之才質不凡的判斷力的人可以作出來；所以至少國內或者有一個這樣的刊物，而甚至於連一個也沒有；但是這樣的刊物要樹立起來如同一個公平的亞略巴古山（Areopagus）的雅典法庭，這法庭中的委員全是由旁人推選的。在今日盛行的制度，文學的刊物全操於一黨，或者由售書商祕密地作成和推行，爲的是他們的生意得利，他們只是一群壞人去同盟聯合成爲團體，專阻止好的刊物成功，像歌德有一次與我說，「無論在何處，欺人不實處全不及文學裡面那樣多。」

匿名本是文學裡面所有的卑鄙的干盾，但是將要消滅。一般人藉口保護那警告公衆的誠實批評家，使他不致得罪作家和他的朋友，於是就引用匿名。但是有一個這樣的情形發現，就有一百個旁的情形發現，這些情形是一個人不敢擔當他所說的話，借匿名卸責，或者一個人曾經膽怯和鄙卑地把一本書介紹給公衆，藉以謀利賺錢，現在用匿名遮羞。通常匿名只是一個遮掩批評家的愚蒙無才和微賤的斗篷。當這般人知道他們在匿名庇護之下是平安的，他們那顯露辯來的虛弱和他們所用文學的詐術，出乎吾人的意料之外。讓我介紹一個**反批評**

法給諸君吧，此法乃是一個遏止一切隱善揚惡評論的良藥或寶丹。**流氓！你的名字！**因爲一個人用外套圍巾把他自己圍起來，把帽子拉下來遮著他的臉面，於是襲擊大公無私的人面——這不是一個體面人的作爲，乃是光棍刁徒的舉動。

匿名評論的刊物與匿名信一樣無從考據，一個人對於這兩種匿名的東西概不信任，我們豈能以一個匿名會的主席的名字作爲擔保會員誠實的保證人麼？

甚至於是盧梭（Rousseau）在《新挨羅以斯》（*Nouvelle Héloïse*）的序裡言明，所有誠實人的應當承認他所出版的書籍（**tout honnête homme doit avouer les livres qu'il public**）；用淺近的話來說，每人應在他所寫作的東西上簽名，不簽名的人就是不誠實。辯駁的文字本是評論刊物裡常用的文字，論到這類的文字，盧梭的話是如何的實在呢？若麥（Riemer）在他的《歌德的回憶》（*Reminiscences of Goethe*）裡所發表的意見十分正當，他說：「**一個公然與你對抗的仇敵，是一個誠實的人，他將要公正地對待你，你可以同他解仇修**

好；但是一個不出頭不露面的仇敵，乃是一個膽怯的棍徒，他沒有承認他自己的判斷的勇氣，也不管他的意見如何，他以毀人洩憤而未被人發覺懲罰爲快。」這是歌德的意見，他是若麥見解的源流。並且盧梭的格言對於行間每一句話都適實用。我們能否許一個帶假面具的人當衆演講或者在大會場上發言；並且攻擊誹謗他人？

匿名是所有的文學同刊物的汙點之庇護所，這種常行之事必須完全取締。每一篇文字，就是報紙裡面的文字，也要附帶作者的姓名，而編輯者一定有擔負作著的簽字是否準確的責任。出版的自由，所以要受這樣的限制；所以一個人借報紙的號筒傳揚他的言論，他要以他的聲名爲擔保，如果他沒有聲名，他可以把姓名登上以抵消他那言論的效力。因此就是無關輕重的人在他的範圍以內也要聞名，這種辦法的結果，就是報紙上的欺人之談被取消了三分之二，並且妄談是非的惡人與無顧忌的有害言論也被減削了。

名望論

著作家可以分為流星、行星和恆星。流星所發生的效果彰明顯著，瞬息即逝。你舉首望天，看見流星，你就呼道，在那裡啦！它就不見了，而且是一往不復。行星和遊蕩的星辰能持久些，它們常比恆星還亮，無經驗的人常把它們與恆星混在一齊，因為它們離地球近的緣故。不久它們就甘拜下風了，它們所發的光乃是恆星的光由它反映出去，它們自己的勢力只限於它們的軌道裡——時人。它們的路程移動幾載的工夫，它們的故事就佈露了。惟有恆星是經久不變的，它們的效果古今相同，不論你在什麼立足點去看它們，它們的現象總是一樣的，絕無視點之差可言。它們不屬於一個制度，亦不限於一個國家，它們是普遍的，因為它們離著太遠的緣故，所以經過了許多年，它們的光纔可以被這個地球上的居民看得見。

在前幾章裡我們可以見到有頭等功績的人更不易成名；因為公衆不是審慎的，而且缺乏識別的能力。尚有其他不亞於這個阻攔的障礙，由於嫉妒發生。至於最下等的作品，聲名一出，嫉妒就去阻擋它，始終不停止地挫折它，使它敗裂。嫉妒在這世界上占惡事的多麼大一部分！亞力斯多（Ariosto）曾說得好，他說：「人類生命裡的惡點總是居於優勝的地位，它裡面充滿了這種的罪惡。」——Questa assai più oscura che serena Vita mortal, tutta d'invidia piena.

嫉妒是盛行，它不是正式祕密結合的眞意，這種結合爲庸人所構成，用以抵制個人的榮顯。在他的勢力範圍以內，他不許任何人出風頭，出風頭的人便是不速之客，不能勉強容納侵犯者。「假如有人在我們這群人裡卓然優勝，在其他各處亦要出類拔萃了。」（Si quelqu'un excelle parmi nous, qu'il aille exceller ailleurs!）這是次等人的口頭禪。眞實的功績稀少，而且是不易被人認識和知曉，此外尙有千萬人的嫉妒出來爲難，他們都鞠躬盡力地去壓制它，把它完全撲滅。沒有人注目到作家的本身，品定他是何等人，全看旁人把他當作何等人，這就是毀人名望的把柄，只要他們能遏止他人名望的發揚，他們絕不令它發起。

關於功績的舉動有二：一是自己立功，一是毀人之名。當然第二個方法便於實行，所以它是通常採用的方法，嫉妒就是缺欠的象徵，嫉妒人的才，就是自己無才。巴沙爾各來西（Balthazar Gracián）的《底司可來土》（*Discreto*）中有一段寓言題目爲〈何巴特歐呑特生〉（*Hombre de ostentación*），巴氏在他這寓言裡面敘述出嫉妒和功績的關係，他描寫所有的鳥聚集在一處，團結起來反抗孔雀，只因爲它的羽毛是華麗的：喜鵲說道，「**只要我們能夠不使他的尾巴開展顯示他的美，就可以了；因爲看不見的東西和沒有這件東西一樣。**」

　　這段寓言說明謙遜如何成爲一種美德。它是爲了防範嫉妒而發明的。我在我所著的《韋爾特俄斯韋爾》（*Welt als Wille*）（即《意志與觀念之世界》一書的略稱）卷二第三十七章內言明有許多刁徒鼓勵和提倡這種美德，使有功績的人怯縮自謙爲快。在力呑百若的《雜錄著作》（*Miscellaneous Writtings*）裡面我發現他引用了「**謙遜是無其他美德人的美德**」一句話。歌德說：「**只有刁滑人是謙遜的**」（**Nur die Lumpen sind bescheiden!**），他這句話得罪了許多人，色凡特司（Cervantes，今譯賽凡提斯）的作品裡亦有同樣的話，他在《上巴那沙司旅行》（*Journey up Parnassus*）裡總括了些個詩人行爲的規矩，規矩裡面有一條是「凡作詩的人要顯出他是詩人來，必須自尊自重」，這條規矩根據「凡以爲自己是一個刁徒的人，就是刁徒」的一句諺語。莎氏比亞在許多他的十四行詩裡面表白他自己，因爲十四行的詩給他這種機會，他公言他的作品是萬世不朽的，他發言的時候據有與他本人明巧一樣大的一種信心。

嫉妒所常用的一種貶抑好作品方法，就是不顧顏面和無所忌憚地去褒獎惡劣作品，不久嗜好惡劣的作品流行了，它就把衆人對於好作品的注意吸到它那邊去。但是這個方法只能用於一時，如用得範圍甚廣，最後估量作品的日子到了，世人對惡劣作品的一時尊仰，就要被世人那不信仰它們的心所排逐了，昧著良心去誇張惡劣作品的人也就被人打倒。因此這些批評家喜歡不露名姓。

有一個相同然而較遠的命運，去恫嚇貶抑和咎責好作品的人，於是許多人不敢不加思索地去作這些事。但是尚有旁的途徑，當一個功高業大的人發出來第一個效果，常激怒了他的匹敵，正如同孔雀的美尾得罪了群鳥一樣。這使他們默然無語；這種靜默眞個是不期而同的，好似預先約定一樣。他們的唇舌麻痺無力了，這就是西尼加所描寫的默靜。這種懷藏惡意的默靜，在藝術上說起來，就是置之不理的表示，日久亦可以防礙名望的發展；在學識的高等範圍以內，一個文人的直接聽眾有時包括和他競爭的作家與自稱自認的學者，他們成了隔離他的名譽海峽，一大部分的群眾也就不觀察事理，隨聲附和，妄用了他們的選舉權。但是，假如最後褒獎的呼聲侵人這惡意的默靜，很少的時候這類事的發生與主持公道者所追求的目標完全隔離。歌德在《韋斯提—司可里啓—狄凡》（*West-östlicher Divan*）裡說道：一個人不能得眾人或一人的認識，除非傳揚此人的名譽，就是宣布批評家自己的識別力：

Denn es ist kein Anerkennen,
Weder Vieler, noch des Einen,
Wenn es nicht am Tage fördert,
Wo man selbst was möchte scheinen.

你們所推崇的人，大抵他們所從事的工作和你們的工作相同或相近，其實你們所給他們的榮譽，完全是出自你們自己的榮譽，你們由於推崇他們的原故，自己倒受了損失。

是以人類本來不傾向於褒揚，而傾向於貶抑；隱善揚惡才是人類的傾向呢。假如從人類裡到得讚美，這一定是外來的動機占了優勢而盛行了。我所說的並不是朋友間不顧顏面的彼此吹噓；我們不能有好作品，而我們對於他人的傑作有眞正的鑑賞，使我們發生這種心意的原動力。就是我所謂的外來的動機，這正和何色特那關於人類智力的三重分類論相符合，後來麻啓維力（Machiavelli，今譯馬基維利）亦有這樣的分類。麻氏說：「**人類的本能分爲三等：第一等是生而知之的先知先覺，第二等是學而知之的後知後覺，第三等是學而不知的不知不覺。**」凡不能希望作第一等人，也要奮勉圖強去利用時機好作第二等人。這完全由於有功就有名的理論。

這也是因爲當一個作品的價值已經是昭著了，不復被隱蔽和否認，所有的人都爭先恐後地去獎譽他；因爲他們覺得這樣可以引爲榮耀。他們行動係依於色諾凡（Xenophon）的註語：「**知道聰明事的**

人，**必定是聰明人**。」所以當他們看出他們不能有創造的功績，他們趕快就去從事於賞識偉大傑出的作品。這就像一隊兵士，當被迫降服的時候，大家快逃走，和打勝仗的時候大家趕快進攻惟恐落後的情形相同。名譽昭著值得讚賞的人，大家全來頌揚，榮譽有加，雖然以通例而言，他們並不覺到我在前一章裡所提到的類同律；所以他們如此作爲，好像他們料事的方法與名人的類同；於是他們至少可以保存他們文藝嗜好的光榮，因爲除此以外，沒有給他們留下的東西。

由此可知名譽不易得，既得就不難保存；發生迅速的名譽不能經久。無論何種作品，它的價值顯而易見，常人不用費力就可以看出來，作者的勁敵也願意承認它的價值，它絕不會超乎常人和作者勁敵的能力之上。——Tantum quisque laudat quantum se posse sperat imitari——「一個人誇獎一個作品，只因爲他自己可以仿作。」名譽發生得太快，乃是可疑的象徵，因爲以類同律作用而言，這樣的名譽算不了什麼，亦不過是群衆的直接讚許而已。這樣的事，凡生（Phocion）也曾經說過，在他的註語裡說，當群衆的喝彩聲遮斷了他的演說，他轉身向站在他近處的朋友問道：「**曾否我鬧了一個錯和說了些愚鈍的話？**」

反之，經久不衰的名譽，必然成熟得很慢，幾世紀的聲名，乃是當代名譽的代價。大凡名譽能保存它的地位，必據有他人難以達到完美的美點，而且能見出這美點的人恆居少數，他們的人數不夠，不能使他們的呼聲傳達出去，使衆人能聽見；實則嫉妒不息去防備他們，並且盡其全力以壓抑他們的呼聲。但是一個中庸才能的人也會出名，不過有這名望不能與壽命並存的危險；所以壯時名望遠大的青年，晚年成了無聲無臭的老朽。大的功績可以許多年無聲無臭，但是使它以後得到一個光耀美滿的名譽。有這種功績的人，可以在那仁保爾談到的人物裡面，仁氏說：「臨終的塗油禮就是浸禮。」有大功的人當時不得志，他可以藉著思想古聖以自慰，他們死後才列爲聖徒了。

摩罕滿（Mahlmann）在他的《海羅特斯》（*Herodes*）裡所發表的言論是正當而適用的；在這個世界上，眞正的偉大作品永不能立刻取悅於人，群衆所立在祭壇上的神不能久存：這個定則可用圖畫來直接地證實它，鑑賞家知道得最清；最偉大的傑作並不是最引人注意的。假如它們使人發生深刻的印象，這種印象也絕不是一看就得來的，乃是精審及反覆玩索而得的，愈看愈好，愈引起觀衆時時的敬慕。

再進一步說，使作品受人賞識的機會，全賴兩種情形：第一，作品的性質如何，它是高呢或是低呢，換言之，它是難呢，還是易呢；第二，作品所吸引的是何種群衆，大群呢，還是小群呢。後種情形由前種推演而出，這是無疑的了；但是它一半仰仗它的複本的多少，在這方面與書籍和樂譜相似了。兩種情形參雜起來用，則無物質目的作用的偉業——僅在這裡論到偉業——確將依受人賞識的程度而轉移；進行的步驟起自機會最大的人，其次序宛如下列：武術家，馬戲場內騎師，美術跳舞的舞女，魔術家，伶人，歌唱者，音樂家，作曲家，詩人（因爲後兩種人作品翻印增加的緣故），建築家，畫家，雕刻家，哲學家。

不用問哲學家一定居最末位；因爲他們的作品是教人而不是娛

人的，並且他們給讀者假定了些知識，使他們費心努力地去了解它們。這個使它們的聽衆非常的少，而且使它們的名望延長而不能廣博。通常我們可以說一個人的名譽歷時的長短與他名譽生得難易成爲反比例；所以以名譽歷時的長短而論，上面的次序必須反轉過來。但詩人與作曲家和最後的哲學家站在平等的地位；因爲寫下來的作品可以永遠保留。然而哲學家該居首位，因爲屬於哲學的作品稀少而且哲學是重要；並且哲學可以完美地譯成任何國的文字。有時一個哲學家的名譽與他的作品還有長久的存在；如色拉司（Thales）、恩皮度可司（Empedocles）、海若可來他司（Heraclitus，今譯赫拉克利特）、得木可來都司（Democritus，今譯德謨克利特）、巴門尼達司（Parmenides）、衣皮尤若司（Epicurus，今譯伊比鳩魯）以及其他希臘的哲學家確是如此。

我的註語只限於無物質作用的傑作。實用的和悅人耳目的作品不難得世人相當的賞識。在一個城市裡尙且沒有一個頭等廚師是無聲無臭地被埋沒了許久；至於與後世有關係的作品，那更不必說啦。

在迅速發生的名譽下，尚有一種虛僞的和人造的名譽；例如一本書藉著不公平的讚美、朋友的幫助、惡劣的批評、上面贊助暗示和下面串通欺蒙等情，得以著名。這就是說密告或通知一般的群眾，他們確實沒有判斷作品的能力。這種名譽與游泳用的氣體漂子相似；藉著它的幫助，一個沉重的物體可以漂浮。它托著這物體的時間長短，以漂子縫得疏密和盛氣的多少爲定；但是空氣漸漸地洩去，漂上的物體亦就要沉沒了。這就是所有的作品不可避免的命運，因它們所以著名，全藉局外人物的力量。虛僞的讚美消失，欺人的方法暴露，批評家宣言打倒這人造的名譽；這個名譽消滅，譏刺輕蔑相繼前來，補充消滅名譽的遺缺。反之，一個眞正純潔的傑作，它的名譽出於自身，世世長青，永遠受人崇仰，它好像一個比重較低的物體，可以不藉外力自如自在地隨時代的源流而前進。

天才高的人，不論他們的作品是詩、是哲學或是藝術，在各時代全像孤立無援的英雄，單人獨馬，奮勇向前，抵禦勁敵的攻擊。這豈不是人性可悲的特點麼？愚昧粗俗頑強庸妄和野性是大多數人的性格，它們恆為才子的作品的障礙，不論他的藝術的方法如何，總是受它們的阻礙；它們聚而為一個勁旅與他為敵，最後他不得不屈服了。假使孤立無援的英雄成其大事，他的功績也要很慢地傳出去，很晚地受人賞識，於是列在名著裡面，它亦很容易地受一時的埋沒。它永遠不斷地重新發現它自己受虛偽淺薄和無味的意見反對，因為它們與大衆的心理相合。所以它們總能夠保持它們的地位，雖然批評家向前說——如同哈木來特（Hamlet，今譯哈姆雷特）在給他的淫邪的母親看兩張像片的時候同他的母親說——**你們有眼麼？你們有眼麼？**唉！他們無眼，當我注意到一群人對於一個大藝術家作品的行為，並且留心觀察他們喝采的模樣，他們使我回憶到遊藝表演中教練純熟的猴。猴的姿式很像人的姿式，這是無疑的了；但是它們時時洩露它們只有姿式，而無其中的精義，它們無理的天性流露出來了。

有人說**某人是超越時代的人物**；所以從以上陳述裡，我們可以推演出超越時代的人，必須含有超越人類的意思。因為這種事實的原故，一個才子除了能借助於才識超群的人，不能得常人的贊助；在一個時代，才識高超的人成爲一個大團體，這是非常少見。假如才子不是走好運，**他在他的時代不能著名**；換言之，他孜孜一生，無人過問，直至極少數能判斷據有如此高超性格作品的人的呼聲漸高，這時才有人注意他。於是後人將要說：「**此人超越時代**，而不說**他超越人類**；因爲人類喜歡把它所擔負的錯放一個時代裡。」

假如一個人超越他自己的時代，他也要超越了其他的時代；只要在那個時代趕巧生有幾個能判斷他的作品的公正人，爲他宣揚，他就可以成名了；正如同美的印度神話，維司其佑（Vischnu）化身爲一個英雄，所以波羅門（Brahma）同時也化爲歌誦他功績的唱歌人；所以維爾米克（Valmiki）、維牙沙（Vyasa）與克力多沙（Kalidasa）都是波羅門的化身。

如此說來，我們可以斷言每一萬世不朽的作品，都以它的時代爲證，這就是以它在當時是否有名爲定。通例各時代的人受這樣的試驗，好似費力蒙（Philemon）同班西斯（Baucis）的鄰人把他們不認識的神都一併逐出去。由此看來，判斷各世代智力價值的正確標準，並不是由當代大思想家所給的，——因爲他們的才能，乃是自然的作品，才能所以能夠發展，完全由於境遇和時機——乃是由同時代人接收他們作品的方法而定；我的意思就是說他們迅速而願意的讚許，或是遲緩而勉強的讚許，或者是置之不理而留給後人了。

這最後的命運，乃是給性質高超作品預定的。因爲以上所提到的好機會絕不來臨，如同大思想家的作品，只能得極少數的人的賞識。詩人有無限揚名的機會，其原因就在此——就是因爲他們的作品與每人全接近。假如瓦爾特司哈提（Sir Walter Scott）的作品，千百人可以誦讀評論，或者當他在世的時候，普通胡作亂寫的人也酷愛他；並且後來當他占有他應得的地位時，人們就要說他是**超越時代的人物**了。但是假如嫉妒、不誠實以及各人的目的，加在那千百不才無能而判斷一種作品的人身上，那時這種作品所遭遇的命運，如同一個在公堂訴訟的人站在審判官前，審判官裡沒有一個不是貪官汙吏。去確定這個事，我們發現文學史上顯出以智識識見爲目的作家，通常是有聲有臭的浮誇玄學的人，反得到時人的資助同賞識。

一個作家對於得名望一層所發生的效力，就是使他的作品有人誦讀。藉著練習各種藝術、時機的運用、自然的結合，這種名望很快地就被無價值的人得了去。眞正重要的作家反而得名望很遲慢。前者有些友人相助；因爲捧他們的下流群衆永遠是團結得很好。後者只有仇敵；因爲才智的優良，無論在何處或何種情形之下，是世上最招恨的東西，特別是對於從事於同種工作而自命不凡的拙手笨人。

所以著作一種作品的首要條件——凡不是一時代的作品——就是作家不要注意他那同時代的人，對於他們所給的意思、見解與褒貶一概置之不理。當一個人實則作出偉大的作品，這種條件自然可以履行，而且還是最好這樣去作。假如他要產生這種作品，而顧慮他那同事人的意見或批評，他們將要把他一步一步地領入歧途。所以假如一個人要名傳後世，他必須從他那時代的勢力範圍內退出。這句話的意思，當然是他必須拋棄影響及他那作品的東西，並且要捨棄了時人的稱頌；以這種犧牲作爲代價，去買千百年的聲譽。

因爲當任何新的與深遠的眞理來到世上——假如它是新的，它一定是似非而是的——一個頑固的臺就要建築起來去阻擋它；不但如此，而且世人將要繼續去否認它，甚至於他們已經鬆懈而忽略了反對它的初意，則亦不過略為信服其中的眞理。同時它平靜地進行它的路程，並且它如同一種酸素，暗暗地損壞了所有圍繞它的東西。時時可以聽到一個爆裂的聲音；老舊的誤謬則搖搖欲墮地來到地上，且並忽然之間，思想的新結構顯露出來，好像它是一個剛出土的碑銘。人人承認它，而且還敬仰它，自然這種事通常發生得很慢。通例一個人死後，世人方才發現他是值得一聽的，大演說家離開了講臺之後，他們**聽哪！聽哪！**的呼聲方才大振。

通常的作品所遇的時運較佳，它們與當代的文化並進而相關，它們和它們時代的精神密切地聯合起來——換言之，就是和當時盛行的意見相連。他們以適合當時需要為目的，假如他們有功，不久就被人知道；並且他們得以流行一時，如同映射最近思想的書籍。人們對於他們過於公平了，他們沒有令人嫉妒的地方；因為像以上所說的，一個人只讚美他能仿造的東西。

但是那些預定成爲人類產業的作品和可以存在世紀的貴重作品，本來就遠過許多文化所立的地點，因此，它們異於當代的文化和精神，它們不屬於文化，而且與它無關，所以它們不能激動受文化支配的一般人的興味。它們屬於另外一種高尚的文化和一個遙遠的時期。他們的行程與通常作品的行程發生的關係，與天王星的星軌和水星的星軌的關係相似。因爲當時對於它們無公平之可言。時人對待它們須費思索；所以時人也就把它們置之不理，任其所以，並且爲了自身舉步前進如蝸牛行走一般。當鷹飛高了的時候，蠕蟲看得見它麼？

各國文字書籍的數目，其中十萬之一可以成爲眞實和永久的一部分文學。這一本書，在勝過那十萬本書和得到它應得的榮譽之先，要經歷何等的時運呵！這樣的書是出類拔萃和絕無僅有的高才作品，所以它是格外地與衆不同；此乃遲早水落石出的事實。

人人全不要妄想，如此，事物就要時常地進步了。不是如此呵！人類可悲可憐的組織雖每個世代不同，但是內部確沒有變化。卓越的才智在它生存的時候，鮮有圓滿的效果；因爲實則與它相伯仲的思想家才能有完全和正當的了解。

千百萬人中有一個人去走那直達永生的路徑，也是一件稀少的事，所以偉大的才子必然是孤獨寂寞的。重名後世的路程有一個駭人心目的地方，如來濱（Lybian，今譯利比亞）沙漠，固然它是著名的，沒有見過它的人，就沒有它的影像。同時我第一要勸告旅客攜帶輕的行李，否則他就拋棄在路上的太多了，他要永遠不忘巴沙爾各來西的話：「好的作品，假如它是簡短的，文可以好上一倍去。」這種勸告，對於我的同邦人——德國人——格外有用。

偉大才智的人同他們在世的時間比較起來，如同建立在一小塊地上的高樓大廈。它們的體量，站在它們前面的人不能見到；一個才子在他活著的時候，他的偉大不能估計，也是因爲這種原故。但是一個世紀後，世人全都公認他的才學，並且還希望他重複降生。

假如一世即死的人作出萬世不朽的作品，他的壽命和他那作品的壽命比較起來，他的生命未免好像是太短了。他好像賽米力（Semele），或米亞（Maia）——一個終久必死的母親生了一個一生永生的兒子；反之論到亞啓力斯（Achilles）與西特司（Thetis）也是如此。轉瞬即逝的東西與垂名萬世的東西有多麼大的差別啊！一個壽命短促生活艱難的人，他的生存是不穩固的，以致他很少的時候能看見他那永生兒子的事業萌芽與興起，因爲他的父親也莫名其妙。一個人名傳後世正是貴族的反面。貴族名聞當時，身亡名亦隨之而亡了。

但是一個人不願得時人的讚仰，而願意受後世的崇敬，其原因就是因爲他同他那時人被空間所隔離，他同他那後人被時間所隔離了。甚至以當代名望而言，作者通常也不能眞在他的目前看見了推崇他的人。尊敬不能受接近的與尊敬他的人互相隔離。受人尊敬的人來到，他就如同日光軟化奶油一樣。如此說來，一個受時人推崇的人，時人裡面十分之九全以他的財運爵位爲轉移；其餘的十分之一或者恍然領悟了他的美點特長，因爲他們在遙遠的地方聽見有他這個人。柏羅他克曾作一封精美的拉丁信，上面聲明尊敬和被尊敬的人，聲名和生命均是互相矛盾的。他在他給若麻司美色尼司（Thomas Messanensis）

的《依皮司多耳費美拉耳司》（*Epistolae Familiares*）（意即平時書信）裡又提到此事。他由許多事情裡看出他那同時的文人名士一見過作家，便輕視他的作品了。

假如一個名人受人的尊崇，乃是因爲他同尊敬他的人當中有距離，那麼，這種距離是屬於時間的或者是屬於空間的全沒有關係。他有時在這方面聽見他的聲名，在其他方面卻永沒有聽見過；但是他預先見到他死後的令名。眞實和偉大的功績他也可以建立，產生眞正偉大的思想者，當想到他和他的後人的關係，他就明瞭這種關係；所以他覺得他的壽命長延，經過了數世紀依然同後世並存，並且還是爲後世生存。當我們享受了一個偉人的作品以後，我們非常地敬仰他，並且希望他回來，於是我們可以見著他，同他談話，並且使他爲我們所有，我們這種的願望，並不是不能沒有報應，因爲他也盼望後世認識他、敬仰他、感謝他和愛慕他，以補償他受他那同時代人的否認和攻擊。

假如偉大才智的作品，不能得到相當的酬報，必須等待後世也來判斷，一個相反的命運爲了顯著的謬誤而設。這類謬誤爲有天才的人所發啓，並且好像是很好地立定了，這種錯誤受學問和知識別力的銳敏保障，能保持地位很久，最低的限度也要待作家去世。世上有許多這類虛僞和謬誤的學理和批評；尚有詩詞和藝術的作品，表現出一些虛僞的風氣和當時趨向的成見。它們所以能夠盛行，博得名望，無非是因爲尚無人能夠把它們駁倒，或者能夠證明它們的謬誤。當有這種本領的人出來時，這個人總是出在後世。後世的裁判官，不論他們的判決對於上訴者是否合適，造成了一個正當合法的公堂，推翻前案。在兩個公堂全操勝訴是如何的困難和稀少的原故，就是爲此。

改正思想與判斷的趨向不衰不息，無論何時，在文學或藝術或人生內發現重大的謬誤總有進展；或者發生乖偏的運動或政策，而且它還受人歡迎。我們把以上所提到的趨向記在心裡，作爲消愁的工具。凡人不要惱怒，更不要沮喪；但是只要幻想世人已經拋棄這等謬誤，並且需要時間與經驗合作，眼光明亮的人一望而知。

當那些事實是自然動人的眞理，我們用不著趕快用文字去幫助它們：因爲時間供給它千種發表的機會，如同給它一千個舌頭一樣。這些舌頭發言時間的長短，全以題目的艱難和錯誤的掩伏爲定，我們用不著推測，它們自己就會來臨。在劣的情況下，它與學理一同發現，亦與實際生活的事一同發現；欺詐假冒，因爲曾經成功，愈演愈進，眞到了難不被人發覺看破的時候爲止。學理亦如此；由於談論它們的愚人迷信盲從的原故，明顯已極，它們不通的地方達到極點，甚至於最鈍笨的眼也能看得清楚。我們可以對這般人說：「**你們的敘述愈野愈好**。」

回憶往昔所有而今已完全消滅的妄想，也是一種愉快。在風格、文法、拚音之內，有些這類假概念，這概念只經過三或四年之久就要消滅了。但是當錯誤多了的時候，我們惋惜人生的短促，我們無論如何要好好地去作時代的落伍者。當我們見到我們時代向下走的時候，我們也要好好地去作時代的落伍者。有兩條道路可以使人不隨時代的潮流進行。一個人可以超越潮流；或者他可以不及潮流。

天才論

世人以有品級地位與身世之別而生界限。然尙有較大界限，寬如海峽，把千萬以腦力爲糊口工具的人或以腦力爲意念利器的人與一般極少數以腦力專作自己工作的人遠遠隔離：這般極少數的人完全用腦力去理解這世間奇異和千變萬化的景象，然後用某種形式以表現之，或似藝術，或似文學，藉此以表現他們個性。這般極少數的人在世界上是眞高尙。其他千萬人是坐井觀天，只知目前的景象。自然我所論的這般人不僅有使腦力不爲意念所驅使的勇氣，且視此事爲其職分及權利，結果他們的成功足與他們的犧牲相抵。至於能用幾分腦力自己工作的人，對此界限則不甚寬；若他們有眞實的天才——雖甚小——亦將與千萬常人有明顯的界限。

一國所產出的藝術詩或哲學的作品，就是它那理智上所流溢的結晶。

能立刻明瞭才子與常人的關係者——可以適當地說明才子與常人的區別：才子有二元的理智，一用於己，並爲其意志工作；一用於世，而以純客觀的態度觀察世界，故凡讀其作品即知世間眞況。才子所產生的藝術詩或哲學作品是其用沉思態度而依藝術規律以表於世的晶華。

在另一方面言，常人僅有一元的理智，它恰與才子的**客觀**理智相對峙且互爲反襯，因此我們可以把它叫作**主觀**的理智。這個主觀的理智，縱然具有精細的識別性——而存在許多相異的完善地位中——畢竟不能和才子的二元理智並列爲伍；正如同人類張開胸膛，發出眞正音調，這調的音節雖高，究竟和用假嗓所發出來的音節根本不同。這兩種理智好像木笛上部的兩個第八音節和凡亞林（**即小提琴**）的兩個陪音都是由一般空氣生出來的，不過這般空氣生出來的時候，被一個關節平分爲兩個波動的部分。人類眞實音調的音節與木笛下部的第八音節都是完全由一般不分斷的氣生出來的。這個譬喻式的解釋，可以幫助讀者明瞭才子的特異性格，他的特點明而確，顯而深地印在他的作品上，甚至於此種特性人的臉上也帶著這種特性的色彩，我們一看就知道他是這一類的人物。二元的理智照例是意志的障礙物，它阻撓意志的活動，這是一件顯而易見的事；這就是才子放蕩不羈與一生潦倒的原因。性情上的節制時常在通常單純理智裡發現，然而在才子的理智裡卻沒有它的蹤影，這個足以表現才子異於常人的特點。

腦像一個寄生蟲，得人體養料的供給，比哪一部分也不少，可是對於內部營養方面，並無直接的貢獻；它自己安穩住在樓房最高的一層，度它自足獨立的生活。天賦富足的人也採用同樣的方法，脫離了群衆的生活，去領導他的第二生命，這個生命是純粹屬於理智的。他專心於有系統的智識與識見的增長改善和推廣，而且進行不息，孜孜窮年；不論所臨時運的順逆，只要不擾亂他的工作，他是全不受那順逆的影響。這種生活可以使一個人出乎命運變遷的勢力範圍以外。時常思想學習和訓練他的智識，他不久就把這個第二生命當作處世的首要方式，反把他那本原的生命看作一種附屬的東西，只用於進行比他自己重要的目的。

歌德給我們一個這種獨立避世生活的模範，當香賓（Champagne）之戰，他在萬馬軍營紛忙中作染色學理的觀察；後來無數的戰禍使他退避到魯森堡（Luxembourg）礮臺裡面，他開始研究他的《法本拉爾》（*Farbenlehre*）稿本。這是一個好例，我們應當倣效，不論世上的風波是怎樣多，我們不可使我們理智上的生活受了打擊；我們要時常記得我們是自由婦女的後裔，不是女奴的子孫。我們的表徵和紋章所含蓄的意義，就是一棵樹被風所摧，但是它的枝上依然帶著疊疊的微細果實。

把人類概括說起來，在它裡面有些部分酷似一個人的純粹理智生命。因此眞實生命的意義依照我們的經驗和玄想的解釋，就是**意志**的生命了。人類純粹理智生命的存亡繫於人類對於利用科學增加智識上的努力和完成藝術的心願。科學和藝術一代一代地緩進，而各種民族全都積極贊助它們進行，可是經過許多世紀它們才有相當的進展和增長。這個理智生命好像天賜的靈物，在世間騷動和澎湃的潮流上飛來飛去，如同一陣香氣從酵裡發出來，人類的眞實生活卻被意志所管轄了；科學和藝術採取坦白的方法與和平的途徑以與國家底史記和哲學的歷史並駕齊驅。

才子的天賦和常人的天資在量的方面，品性方面——是不同的；

常人雖各有各的特點，至於他們的思想卻有同一的趨向。由此看來，我以爲才子和常人的不同點還在性質的方面，遇到同樣的時機，他們的思想立刻不期而同地採取了同一的方向且緣著同一的路線奔馳前進，這就是他們的判斷可以並行不悖的原因的解釋，可是他們並不根據實理裁判一切。以此類推，在人類裡有些普遍的基本見解眞是根深蒂固，反來復去，決不因新陳代謝的公理而被淘汰，雖然各時代的思想家都公然地或祕密地反對此種見解。才子是一個明察世理的人，他的心如同明鏡一般，世界照在他的心裡，就好像物件照在鏡子裡一樣。人類可以向他討教；至於在緊要事物上求深刻的識別，不必留意瑣碎，但須在事物的大體上用心。當才子的思想成熟的時候，他的教導或訓誨就要發表了，不過所用的方式不同，有時用這樣方式，有時用那種方式罷了。於是我們可以說天才就是關於事物方面的一種出類拔萃和清而又明的悟性以及關於他各人的本身的感覺。

世人瞻仰有此悟性的人，並且希望得知他一生的事蹟和他的人性，時勢造才子，但是這是不常有的事。不過有時發生，譬如說在一世紀中有一次生下一個人來，他的智力超群，甚至於得著世間少有的理智的生命，完全和意志斷絕關係。有這種天才的人也有時無聲無臭地度過了許多時候，因爲魯鈍阻止了他的聲名，嫉妒蒙蔽了他的美點。但是過了許多時候，人類才成群結隊地前來把他和他的作品包圍起來，希望他講述和啓發他們的愚暗，雖然他的心思才力比較通常的標準僅僅高了一級，可是此時他所發出來的消息成了啓示，他也就成了神靈了。

常人先爲自己而後爲旁人，才子也是如此。這是他的天性，也是一個不易改變的事實。他有時爲人工作，這不過是出於偶然，無關緊要。當他和平常人們接近的時候，他把他的思想貫輸到他們的心裡，可是他們只得著些皮毛，也不過是一個反映的影像罷了；這就像一棵由外國移來的樹，細脆薄弱不服水土而且不易生長。

要想得新穎的、特殊的、萬世不朽的思想，必須遠離塵世，過了些時候再回來，這時最普遍通常的事物在他的眼光裡也成了十分新奇的事物了。如此才能看出他們的本性。這種必須的條件不能說苛，可是我們的力量達不到，非才子不可攻辦。

天才產生新穎的思想如同婦人生孩子一樣，算不了什麼。外避的境域事勢上一定要產生才子，使他去作後世才子的鼻祖。

才子的思想在其他的思想裡好像榴紅寶石在一堆寶石裡一樣，它自動地發光，旁的寶石只能把所接收的光輝反射出去。才子與常人的關係和發電物與傳電物的關係相同。

一個有學問的人，他費一生的工夫把他所學的教給旁人，我們可以不稱爲才子，因爲傳電物與不發電物有別。天才就是學問，如同那樂譜就是音樂的界說一樣的錯誤。一個有學問的人就是多學多問的人；一個才子也是一個有學問的人，不過他所學來的東西，旁人無處去學。大思想家們眞是鳳毛麟角，千萬人裡未必能擇出一個大思想家來，他們是人類的燈塔；如果沒有他們，人類就要流落在迷茫無際的大海裡了。

那只有學問而無天才的人，嚴格地說起來——就如一個通常的教授，他看才子如同我們見野兔一樣，經鎗殺的適於我們的口食，活著的適於我們的射擊。

一個人要想嘗試時人的感謝的風味，必須要預定步驟去迎合們們的心理和需要。如此他決不會成大事。如果他要作大事，必須注目於後人，爲來世苦心地經營和精細地工作。結果則當代的人全不知曉他，這是無疑的了，如同一個被迫寄生在荒涼的孤島上的人，用極大心力樹立紀念碑銘使後人知道他曾在此生存。假使他以爲這是一個不幸的運命，他可以回想到常人爲實際的目的費盡心血，有時趕上惡劣的時運落到這般田地，並且沒有得補償的希望；藉此他可以安慰他自己了，如此在適宜的境域之下，他可以用他一生的工夫日日努力誠心盡意地從事於物質上的生產、獲利、購置、建築、培植、建設和潤飾；後來還是他的後裔收穫了他的工作的產物，有時甚至於他的後裔也沒有得著利益。才子也就是這樣，他希望報酬至少也希望得美名和光榮，最後他才知道他給旁人作了飯了。他和他的後裔得了許多他們的祖先的遺產。

我方才提到的報酬乃是天才的賠償，只有才子有得它的權利。

一個人生在世上能用他的思想的力率使他的回音在數世紀騷動喧鬧中入於人的耳鼓，就不算妄來一世，什麼人能比他作得更好呢？或者最好一個才子可以方寸不亂而把他一生工夫用在享樂他的思想和他的工作，他把世界當作了他的生存的承繼人了。世人在他死後找到他的生存的遺蹟，如同在擺倫（Byron，今譯拜倫）詩中的依我立斯遺蹟（The marks in the Ichnolith）。

才子超越常人的地方不僅限於他的極高的才能方面。一個人柔順敏捷地作他所有的運動極其自如，甚至於非常的舒服，因爲具有這種的特長，所以就是沒有一定的目的，他也時常使用它。再進一步說，假如他是一個跳繩者或是一個跳舞者，他不但作出許多旁人辨不到的跳躍，而且在人人全會的步法上與平常行路的步態上，也要顯露出可貴的伸縮自如與絕妙的靈活。一個思想高超的人也不僅僅產生別人想不出的思想和別人作不到的工作；以此並不足以顯示他的偉大；而且因爲高貴的智識和思想作成了一個活動的方式，這種活動在他的方面是很容易的，並且出於自然的他是將要酷愛高貴智識和思想，所以他理會常人能了解的小事也比他們容易迅速而且準確得多。因此他對於每次增加智識、每個解決問題、各種巧智的思想，不論是他本身的或是別人的，全有直接與活潑的興趣，他心中只要求得永久的活潑；除此以外並沒有其他的慾望和目的。這就是他的一個用之不盡取之不竭的快樂根源；煩惱和怪象可以時常纏擾常人，但是永不能與他相接近。

古人或其同時代人的傑著對於才子有十分的效用。假如一個天才的產物被介紹於腦筋簡單的常人，則他閱覽這產物和一個受痛風病的人被邀請到跳舞場裡看跳舞一樣，雖然也發生興趣，但是自己不能下場。一個爲虛禮起見才去看跳舞，一個恐怕落後才去讀書。法國的拉布瑞耶爾說：「世上所有的巧智，全喪在沒有巧智人的手裡。」一個才子的或一個天資聰穎人的思想，要是同常人的思想比較——就是他們的目標相同——比較起來也好像一張生氣勃勃的油畫與一張隱隱不眞的水彩畫稿互相作比一樣。

這也不過是才子應得報酬的一部分，他生在世上，沒有相同點和絲毫同情心對他，孤苦地過了許久。所以我用這一個來與賠償他損失東西的大小是相關的，我說可亞斯（Caius）是一個偉人，或者說可亞斯是一定要生存在不幸薄命的弱小民裡，這兩句話的意義沒有什麼出入；因爲大人國與小人國只是在他們的起點上不同。雖然後世的人把那萬世不朽的作品的作家看作多麼的偉大或多麼的可敬與有功，可是當他生存的時候，在他的同時代的人的眼裡看起來，他是一個弱小薄命並且淡泊的人。這就是我所說的從塔底到塔頂整三百度，所以從塔頂到塔底也整三百度。大思想須寬恕思想凡庸的人，因爲有他們的原故才有大思想家出現了。

富有天才的人們大抵是不好交際的而且惹人的厭惡。假如我們發現了這個事實，我們無須驚異他們。那社交上的短處實則並不是可以非責的劣點。這就像一個人在清朗的夏天早晨出外散步，他歡喜去注目在自然的美麗和自然的新鮮，他可以把自然的美鮮作爲他的娛樂；他找不著一個社會，除了鞠躬苦耕的農夫以外。沒有人和他往來，他也就自言自語和自聽，反而不願與世人交談。假若他自卑一點來牽就他們，他們交談的話空洞無趣，各說各的，各聽各的，嚴格地說起來，還是自己獨語；他忘記了和他交談的人，也不管他能否了解他，就大發言論，與孩童向偶人談話相同。

大思想家有謙遜的性格，當然受世人歡迎，謙遜在常人方面是一個美德，在才子方面卻是相反。因爲謙遜可以強迫他重視一般人的思想和意見，甚至於他們的方法風格也影響到他，雖然他們的和他自己的是相隔太遠不相容洽且大有天淵之別，他也要甘拜下風，捨己從人了。在此種情形之下，他不會有作品，就是有作品，也不會比常人的作品高明。偉大精純和超卓的作品所以能發生的原故，就是因爲它的作家忽略了世上一般人的思想、意見和方法，不理他們的批評，輕視他們的讚賞，自己安心靜氣地去從事他的工作。一個人沒有這種傲性，不能成爲偉人。假使他的生活在一個時代中間，他的一生和他的工作被蒙蔽了，和他同時代的人全不認識他，並且也不知道他和他的工作的美點，可是他的心志不移，他對於他自己依然是忠實的。如同一個旅行者被迫在一個鄙陋客店裡過夜，次日天明他就歡歡喜喜地去趕路了。

詩人或哲學家只要有容足的地方可以作他的工作，他對於世界就沒有什麼不滿意的地方；只要他能安心工作不受外誘，他對於他的命運也就沒有遺憾了。

論到不用手工作的人們，他們的腦卻作了他們的意志的工人；如此說來，他們的時運可算是不佳了，但是他們對於他們的命運還心滿意足，假如這樣的命運臨到一個大思想家的頭上，就會使他絕望，因爲在他的本身方面，腦不但爲意志服務，而且還要作旁的事；如果那困窘狹隘的境遇倘能使他自如地運用和發展他的才能；換言之，如果這樣的境遇能給他極寶貴的餘暇，他寧願隱退到這樣的境遇裡度他的生活。常人就不如此了；他們似乎已經知道閒暇的時間對於他們毫無價值而且還帶著危險的性質。我們時代的工藝已經達到空前未有的完美境界，它藉著增加和繁殖奢華物品給幸運的人們一個選擇權，在這邊有餘暇和文化，在那邊有奢華和美滿的生活，他們可以任選一邊；按他們的性格說，他們一定選後來的一邊，他們愛香賓勝於愛自由。

他們的選擇和他們的心性恰相符合。因爲在他們心裡，凡心智的努力只要不是爲了去作意志的目的而生的，就是怪僻。意志的目的和意志的永存立在一個中心點上，老實說，意志就是人世的中樞了。

普通說起來，這類的選擇是少有的，因爲大數的人都沒有富餘錢，他們的錢只夠應用罷了。至於他們的智識聰明亦是如此；他們所有的僅足供奉意志，這就是說只夠辦他們的事情。他們發了財，就要耽溺於肉體上的快活或無智識的娛樂，紙牌骰子全玩上了，或胡言亂道，穿上好衣服，彼此取悅。稍微智慧充溢的人有幾個呢！智慧充溢的人們也作樂；不過他們作樂是理智的。他們或者從事於隨意的研究，或者練習藝術；且普通說起來，他們在事物上有一個客觀的興趣，如此他們可以和它們交接。但是最好完全不和旁人發生關係，除了他們敘述他們自己的經驗所得的結果，或者詳敘他們的特別職業的始末，或者通告他們從旁人學來的東西，他們的話不值得一聽；假如有人告述他們些事，他們很少的時候一聞便知，並且時常和他們自己的意見相反，格奧大諾布瑞歐（Giordano Bruno）說：「**眞人和照著**

他們的偶像和肖像作出來的人不知有多麼大的區別啦！」眞奇怪在《康瑞爾》（*Kurral*）也有和這段意義相合的一段評註：它裡面的話就是表面上看來，普通的人也好像偉人，但是內裡沒有一點和偉人相似。假如讀者默想這兩個意見在思想上和表現法上相合的地方，兩個意見所發生的時期與國際的不同，他不能不懷疑他們和人生的事實成爲一點。二十年前我決不受這兩段文字的影響，我要想得一個鼻煙壺，它的蓋有兩個鑲上的美栗同一個葉子以表現它們是馬栗。這個象徵就是使我這個思想常久地存在我的心裡。假如一個人在孤獨的時候要想尋些娛樂好免除寂寞的情感，我可以把一群狗介紹給他，牠們的道德和理智的性格，亦可以給我們些快樂和慾望和滿足。

我們要小心免除不公。我的群狗的巧智，有時使我驚訝牠們的呆笨，亦有時令我奇異牠們的伶俐；我對人類亦有同樣的經驗。不知多少次我對他們的無識和缺乏識別力以及獸性的大發雷霆，我不得不把愚行爲人類之母的舊怨言重新反響出來。但是在一般人裡會有許多很完美有用的藝術和科學發生出來，雖然是極少數人作成的，亦使我時常地驚訝，這些藝術和科學已經出了根，它們建立和完成它們自己；數千年來人類以堅實的誠意保存荷馬、柏拉圖、何瑞司和其他文學的作品，雖然世間有許多罪惡和殘酷的事發生，世人仍然謄寫寶藏他們的著作，把他們從遺忘的境界裡救了出來。這已經證明世人重視這些作品的價值，而且同時造成一個關於特別著作的正確見解或重視判斷和聰明的表記。當這種正確的見解發生在人群裡的時候，就是由於一種靈感。有時人群自己也會造成一個正確的見解；但是在讚美之合唱已經完成的時候，好像一班未練習過音的人合唱出來的聲音，這聲音也是諧和的。

在人群裡露頭角的人們和被人稱爲才子的人們，不過是人類中的翹楚。他們成就旁人作不到的事業。他們首創的心性是如此之大，甚至他們和旁人不同的地方，很明瞭地用他們的個性已極力地表現出來，這是所有在世上的才子和哲人個個品格的和心性的特點；所以每個才人的作品的特長，除了他以外，旁人不能表現出來，這就是亞力斯多的比擬語所以著名的原因：宇宙印鑄了一個才子之俊，它就毀壞了鑄型了。

但是人類的本能有限；沒這些堅定明白的弱點的人不能成爲才子，至於這些弱點有時就是理智的偏狹。換言之，有些個地方才子哲人的才能還不及俗子凡夫。這種才能要是很強大了，就要阻礙他鍛鍊超人的性格。這個弱點，就是在一定情形之下，也是很難下一個精確的定義。所以這個弱點是什麼，很不易說明；我們可以用間接法來說明它，柏拉圖之所短，就是亞里斯多德之所長，亞里斯多德之所短，就是柏拉圖之所長；同理可說康德的缺點就是歌德的特長。

人類好崇拜事物；但是他們的崇敬心未用在應當崇拜的東西上，他們永遠如此不變初旨，須待後人來改正。但是一經受過教育的民衆的改正，才子應得的光榮就要墮落了；正如同尊崇神聖的信心時常轉移到遺物上去，成了無價值的遺物的崇拜。許多基督教徒崇拜一個古聖的遺物，但是不知道他的一生事蹟和教義；許多信佛教的人崇拜聖牙或盛聖牙的器皿或聖碗或聖跡或釋迦（Buddha）所種的聖樹比較完全了解教條和誠心施行教義還覺重要。柏羅他克在亞哇（Arqua）

的房屋；大索（Tasso）在佛拉（Ferrara）所居的監獄；莎氏比亞在斯推大弗（Stratford）的住舍；歌德在威瑪（Weimar）的屋宇和家具；康德的舊帽；以及偉人的自傳記；這些東西使看的人們發生興趣和畏敬之心，但是他們並沒讀過這些人的著作。他們不過看看罷了。

在他們中的聰明人爲瞻仰偉人常見的東西的願望和一種錯覺所轉動；這種錯覺可以發生見物如見人和人物相關的謬見。又有一般人和他們相近這些人誠懇地去熟習偉人作品的論題的材料，或者去闡明詩人的一生的境遇和大事，它們暗示他的幾段作品的背景。這就好像戲園子裡的觀衆驚慕一張好看的布景，跑上臺去觀看支撐它的架臺。在我們的時代帶著這樣批評眼光考察者的實例不少，它們證明出一句諺語的眞實，這句諺語是人類對於一個作品所發生的興趣，不在它的形式或論調，而在它的本身。人所注意的就是論題。讀一個哲學家的傳記，而不研究他的思想，就好像看畫忽略了畫而注意畫的框子，辯論框子雕刻的好壞與鍍金的費用。

這是很好啦，可是有一般人的興趣也傾向物質和私人的念頭，他們還要進一步直到絕對無關緊要的地步爲止。因爲一個偉人把他深藏在他的生命的寶物顯示在他們的目前，並且用極大的才力構成他的作品，這種作品不但助成他們的尊寵和文明，而且有益於後人，直到十世與二十世之後；因爲他已經給人類一個無雙的供獻，這些個下流的人們還要證明他們對於他的判斷是正當的，他們見了他好像是在一個如此偉大的思想家的面前愈發顯出他們是空空如也的下流。他們就要找他本身道德上一些劣跡，以自慰他們相形之下的痛苦，就是找不著，也要去找一找。

無數書報裡面關於歌德的道德方面的長篇大論，大都發源於此，它們專討論他應否娶他幼年時代的戀人爲妻；他既然不爲主人盡心效勞是否能作人民的公僕或一個德意志的愛國志士，是否配在堡羅克土堂裡居一席。似這類忘恩無義的喧聲和毒惡的誹謗，很可以證明出自命不凡的批評家無論是在道德方面或者在理智方面，宛如刁徒惡漢一樣的汙賤。

一個富有天才的人爲了金錢和名譽努力工作；但是天才產物源

流名稱很不易命。富並不是它天才產物的報酬，榮耀或美名也不是；只有一個法國人能把它的本義講出來。榮耀原是個不一定的東西，假如你注目一看，就知道並沒有什麼價值。而且決不會和你所費的力相抵，它也沒有給你些快樂；因爲它所費的力比你所得的快樂大得多。只因有一種奇特的本能催促才子把他所見所覺事物用一種格式表現出來，旁的原動力和這個漠不相關。天才工作如同樹結果，不借外援，直要有根據地就可以了。

在才子方面這樣深切地考察起來，好像人類的精靈，或者說生存的意志，藉著稀少的良機在短促時期內得到一個比較明顯的意象，於是爲全人類的幸福起見，去求獲它，最不幸也要至終得著它的結果，因爲才子的最深切的生命屬於它；所以才子流散出去，光明直射入常人的感覺上的幽暗和愚魯裡面，發生完美的效果。

這種如此發生的本能催促才子進行他的工作，直到完成的地步，而不望報酬、讚賞和同情心；拋棄了自己的幸福；去度勤勉孤獨的生活，而且用全副的精力進行不息。他在後人身上著想，甚於在時人身上思量；因爲時人只能把他引入歧途，這種人在後人裡面也居多數，因爲時代的變遷，方出了極少數的人能注意和重視他的美點。這就像歌德所描寫的藝術家一樣，它沒有一個高貴眷顧的人來贊助他的才幹，而且亦沒有朋友和他同樂。他的工作好像一個神聖的物品和他的生命的產物。他的目的就是把他的工作給富有識別力的後人蓄積起來，作爲後世人類的產業，這個目的超越了一切，他爲這個目的帶上了一個荊棘的冠冕，日後總有一天它開放了成爲一個桂冠。他集中他所有的力量去完成和護衛他的工作；如同一個蟲在牠的發達的最末期，爲了牠的遺卵運用牠全身的氣力，但是牠在活著的時候，看不見牠們出生；牠把牠們放在一個平安的地方，在這個地方實知牠們可以得有生命和滋養的物品，牠就瞑目了。

名詞索引

六畫

七畫

十一畫

十三畫

十四畫

十六畫

十七畫

十九畫

二十一畫

亞瑟・叔本華年表

Arthur Schopenhauer, 1788-1860

一七八八年	二月二十二日，出生於德國城市格但斯克（Gdańsk，當時的一部分，今波蘭格但斯克）。父親海因里希・弗洛里斯・叔本華是富商，母親約翰娜・叔本華是有名氣的作家。
一七九七年	亞瑟被派往勒阿弗爾Le Havre與他父親的商業夥伴Grégoire de Blésimaire的家人一起生活兩年。學會流利的法語。
一八〇五年	父親海因里希在漢堡的家中因運河溺水而死。但他的妻子和叔本華認為這是自殺，且將之歸罪於其母親，加上生活衝突，叔本華一生和母親交惡。
一八〇九年	離開威瑪，成為哥廷根大學（University of Göttingen）的學生。最初攻讀醫學，但後來興趣轉移到哲學。在一八一〇～一一年左右從醫學轉向哲學，離開哥廷根大學。
一八一一年	冬季學期抵達新成立的柏林大學。並對費希特和施萊爾馬赫產生濃厚興趣。 以《論充足理由律的四重根》獲得博士學位。歌德對此文非常讚賞，同時發現叔本華的悲觀主義傾向，告誡說：如果你愛自己的價值，那就給世界更多的價值吧。 叔本華將柏拉圖奉若神明，視康德為一個奇蹟，對這兩人的思想相當崇敬。但厭惡後來費希特、黑格爾代表的思辨哲學。

一八一三年	博士論文《充足理由律的四重根》（*Über die vierfache Wurzel des Satzes vom zureichenden Grunde*），第二版一八四七年出版。 十一月，歌德邀請叔本華研究他的色彩理論。雖然叔本華認為色彩理論是一個小問題，但他接受了對歌德的欽佩邀請。這些研究使他在認識論中有了最重要的發現：找到因果關係的先驗性質的證明。
一八一四年	五月離開威瑪，搬到德勒斯登（Dresden）。
一八一六年	出版《論顏色與視覺》（*Über das Sehen und die Farben*），又將其翻譯成拉丁文。
一八一七年	在德勒斯登。與鄰居克勞斯（Karl Christian Friedrich Krause，試圖將自己的想法與古印度智慧的想法結合起來的哲學家）結識。叔本華從克勞斯那裡學到冥想，並得到了最接近印度思想的專家建議。
一八一八年	出版代表作《作為意志和表徵的世界》（*Die Welt als Wille und Vorstellung*，以下簡稱WWV）第一版，作為叔本華最重要的著作WWV的第二版在一八四四年出版。發表後無人問津。第二版在第一版一卷的基礎上擴充為兩卷，叔本華對第一卷中的康德哲學批評進行修訂，第二卷增加五十篇短論作為對第一卷的補充，第三版經過微小修訂之後在一八五九年出版。 叔本華說這本書：「如果不是我配不上這個時代，那就是這個時代配不上我。」但憑這部作品獲得柏林大學編外教授的資格。

一八三一年	八月二十五日，柏林爆發大型霍亂，逃離柏林。同年十一月十四日黑格爾因霍亂死於柏林。
一八三三年	移居法蘭克福。
一八三六年	出版《論自然中的意志》（*Über den Willen in der Natur*），第二版在一八五四年出版。
一八三七年	首度指出康德《純粹理性批判》一書第一版和第二版之間的重大差異。
一八四一年	出版《倫理學的兩個基本問題》（*Die beiden Grundprobleme der Ethik*），內容包括一八三九年的挪威皇家科學院的科學院褒獎論文「論意志的自由」（Über die Freiheit des menschlichen Willens）和一八四〇年的論文「論道德的基礎」（Über die Grundlage der Moral）。但幾乎無人問津。第二版在一八六〇年出版。 同年，稱讚倫敦成立防止虐待動物協會，以及費城動物友好協會。叔本華抗議使用代詞「它」來指動物，因為好像它們是無生命的東西。 叔本華非常依賴他的寵物貴賓犬。批評斯賓諾莎認為動物僅僅是滿足人類的手段。
一八四四年	《作為意志和表象的世界》第二版。第一版早已絕版，且未引起評論家和學術界絲毫興趣，第二版的購者寥寥無幾。

一八五一年	出版完成《作為意志和表象的世界》的補充與說明，就是兩卷本《附錄和補遺》（*Parerga und Paralipomena*），這套書使得叔本華聲名大噪。《附錄和補遺》第一卷中的「人生智慧錄」更得到了諸如湯瑪斯・曼、托爾斯泰等人備至推崇。
一八五一年	他因以格言體寫成的《附錄與補遺》獲得了聲譽，瞬間成為名人。有人寫了《叔本華大辭典》和《叔本華全集》，有人評論說他是具有世界意義的思想家。
一八五九年	《作為意志和表象的世界》第三版引起轟動，叔本華稱「全歐洲都知道這本書」。叔本華在最後的十年終於得到聲望，獨居的生活中，陪伴他的有數隻貴賓犬，其中，以梵文「Atman」（意為「靈魂」）命名的一隻最為人熟悉。
一八六〇年	九月二十一日，肺呼吸衰竭，七十二歲。

經典名著文庫089

文學的藝術

The Art Literature

作　　者 —— （法）叔本華（Arthur Schopenhauer）
譯　　者 —— 陳介白、劉共之
發 行 人 —— 楊榮川
總 經 理 —— 楊士清
總 編 輯 —— 楊秀麗
文庫策劃 —— 楊榮川
主　　編 —— 蘇美嬌
特約編輯 —— 郭雲周
封面設計 —— 姚孝慈
著者繪像 —— 莊河源
出 版 者 —— 五南圖書出版股份有限公司
地　　址 —— 台北市大安區106和平東路二段339號4樓
電　　話 —— 02-27055066（代表號）
傳　　眞 —— 02-27066100
劃撥帳號 —— 01068953
戶　　名 —— 五南圖書出版股份有限公司
網　　址 —— http://www.wunan.com.tw
電子郵件 —— wunan@wunan.com.tw
法律顧問 —— 林勝安律師事務所　林勝安律師
出版日期 —— 2020年7月初版一刷
定　　價 —— 220元

國家圖書館出版品預行編目資料

文學的藝術 / 叔本華 (Arthur Schopenhauer) 原著；陳介白．劉共之譯．-- 初版 -- 臺北市：五南．2020.07
面；公分．--（經典名著文庫）
譯自：The Art of Literature
ISBN 978-957-763-433-7（平裝）

1. 文學哲學

810.1　　108007568